नमो

7 रेसकोर्स में प्रथम वर्ष

कांग्रेस मुक्त भारत की अवधारणा

लेखक की अन्य पुस्तक

नमो
7 रेसकोर्स में प्रथम वर्ष

कांग्रेस मुक्त भारत की अवधारणा

प्रवीण गुगनानी

प्रभात
पेपरबैक्स
www.prabhatbooks.com

प्रकाशक

प्रभात पेपरबैक्स

4/19 आसफ अली रोड, नई दिल्ली-110002

फोन : 23289555 • 23289666 • 23289777 ❖ फैक्स : 23253233

इ-मेल : prabhatbooks@gmail.com ❖ वेब ठिकाना : www.prabhatbooks.com

संस्करण

प्रथम, 2015

मूल्य

एक सौ पच्चीस रुपए

अ.मा.पु.स. 978-93-5186-497-4

मुद्रक

आर-टेक ऑफसेट प्रिंटर्स, दिल्ली

———— ★ ————

NAMO : 7 RACECOURSE MEIN PRATHAM VARSH
by Praveen Gugnani

Published by **PRABHAT PAPERBACKS**
4/19 Asaf Ali Road, New Delhi-110002

ISBN 978-93-5186-497-4

₹ 125.00

समर्पण

मेरे पूज्य बाबूजी को,
वे नाम के ही नहीं, सचमुच के दाताराम हैं
और
जिन्होंने मुझे
कर्मण्ये वाधिकारस्ते भाव से,
सतत कार्यरत रहना सिखाया।

स्पष्टीकरण

संवैधानिक पदों, दायित्वों और पदनाम का अपना महत्त्व व गरिमा होती है। दायित्वों पर विराजित व्यक्ति का नाम कहते, लिखते, पुकारते समय गरिमा व मर्यादा का निर्वहन होना चाहिए। किंतु लेखकीय दृष्टि से अनेक अवसरों पर लेखक का यह भी दायित्व होता है कि वह अपने लेखन में उस नाम, उपनाम या उपाख्य का उपयोग करे, जिससे लेखन में देशज भाव की प्रस्तुति हो और जनता के उद्गार उनके अपने रूप में और पूर्ण रूप में प्रकट हो सकें।

इस पूरी पुस्तक नमो : 7 रेसकोर्स में प्रथम वर्ष, में इस देश की जनता की भावनाओं के अनुरूप देश के माननीय प्रधानमंत्री श्रीयुत नरेंद्र मोदीजी को नमो नाम से लिखने, पुकारने की स्वयंभू अनुमति निवेदनपूर्वक ले रहा हूँ।

—प्रवीण गुगनानी

शुभाशीष

लोकसभा चुनावों के समय आपने 'नमो : 7 रेसकोर्स की ओर' पुस्तक लिखी थी। उस समय और भी अनेक पुस्तकें इस विषय पर प्रकाशित हुई थीं। इस विषय पर सभी का अच्छा उपयोग हुआ। सबकी इच्छा की पूर्ति जनता और कार्यकर्ताओं ने की। आजादी के पश्चात् 16 मई को प्रथम गैर-कांग्रेसी तथा एक ही दल (भाजपा) की पूर्ण बहुमत की सरकार मा. नरेंद्र मोदीजी के नेतृत्व में बनी, जो अब एक वर्ष पूर्ण कर रही है। अत: इस समय यह इच्छा हो कि एक वर्ष में जो सार्थक पहल हुई, उस पर कुछ लिखा जाए, यह स्वाभाविक ही है। वैसे जनता ने पाँच वर्ष के लिए सरकार को चुना है, अत: एक वर्ष में ही संपूर्ण समीक्षा भी नहीं हो सकती है। इस एक वर्ष में तो पुराने गड्ढों को भरने का प्रयास तथा नया मार्ग प्रशस्त करने का संकल्प अवश्य हो सकता है, जो निश्चित रूप से हुआ है। एक वर्ष में केंद्र की सरकार तथा प्रधानमंत्री कार्यालय सभी मोरचों पर सक्रिय है। निर्णय होते दिख रहे हैं, काम होता दिख रहा है। प्रधानमंत्री कार्यालय की विश्वसनीयता बहाल हुई है।

विदेशों में भारत को सम्मान मिला है, दुनिया में बसे सभी भारतीय गौरव का अनुभव कर रहे हैं। भारत केंद्रबिंदु बना है। सीमाएँ पहले से अधिक सुरक्षित हैं। सेना और अर्द्धसैनिक बलों का मनोबल ऊँचा हुआ है। पिछले दस वर्षों में घोटाले व भ्रष्टाचार की अनेक घटनाएँ चर्चा में रहीं। इस 1 वर्ष में शासन में शुचिता तथा पारदर्शिता रही। जिस कारण एक भी घोटाला होने की गुंजाइश नहीं बची। भ्रष्टाचार मुक्त व सुशासन युक्त शासन की नींव रख दी गई है। देश ने आर्थिक प्रगति की रफ्तार पकड़ ली है। इस कारण निवेशकों का

भरोसा बढ़ा है। निवेश से रोजगार के अवसर बढ़ना सुनिश्चित है। मा. प्रधानमंत्री ने 15 अगस्त को अपने भाषण में कहा था कि मैं प्रधानसेवक के रूप में कार्य करूँगा। इसीलिए योजनाओं में गाँव-गरीब-किसान-मजदूर तथा कमजोर वर्गों के प्रति उनकी संवेदनाएँ स्पष्ट झलकती हैं। 'बेटी बचाओ, बेटी पढ़ाओ' अभियान से महिला सशक्तीकरण, स्वच्छता मिशन, नमामि गंगे योजना, देश-विदेश में आई आपदा में सहायता हेतु तुरंत सक्रिय पहल, बिना भेदभाव के सभी प्रांतों को सहयोग, बीमा-पेंशन, जनधन खाता, मुद्रा बैंक के द्वारा सामाजिक सुरक्षा व रोजगार की व्यवस्था, किसान की जमीन के स्वास्थ्य की भी चिंता (Soil Health Card) सरकार द्वारा हो रही है। वे बिना रुके, बिना थके लगातार कार्य कर रहे हैं। 'लक्ष्य तक पहुँचे बिना पथ में पथिक विश्राम कैसा' गीत की इस पंक्ति को उनकी कार्यशैली ने सार्थक किया है।

जब मन संवेदनशील हो और संकल्पित हो, विचारों की दिशा स्पष्ट हो, नीति व नीयत साफ हो तथा इच्छाशक्ति प्रबल हो तो कोई कार्य रुकता नहीं।

निश्चित रूप से कहा जा सकता है मा. मोदीजी के नेतृत्व में सरकार के एक वर्ष के कार्यों व निर्णयों से एक स्वच्छ, स्वस्थ, शिक्षित, समृद्ध, सम्मानित भारत की नींव पड़ी है। संगठन ने भी विस्तार की अच्छी गति पकड़ी है। आगे आने वाले वर्षों में प्रधानमंत्री कार्यालय केवल शक्ति-पुंज ही नहीं, प्रेरणा-पुंज भी बनेगा और इसी तरह भारत भी दुनिया के लिए शक्ति और प्रेरणा-पुंज बनकर उभरेगा।

आपने भी इस पुस्तक में ऐसे अनेक विषयों का समावेश किया है। आशा है, यह पुस्तक निश्चित ही एक सकारात्मक व स्फूर्तिदायक वातावरण बनाने में सहायक होगी।

लेखक एवं प्रकाशक, दोनों को शुभकामनाएँ।

(रामलाल)

महामंत्री (संगठन), भाजपा

नई दिल्ली

प्रस्तावना

हमारे भारत में जितनी युवा शक्ति आज है, उतनी कभी भी नहीं रही। विश्व के सर्वाधिक युवा राष्ट्र के रूप में आज हम एक नए युग का सूत्रपात कर चुके हैं। हमारे भारत ने गत एक वर्ष में गाँवों, कस्बों से लेकर महानगरों के स्तर तक नए प्रकार की सकारात्मक छवि का निर्माण किया है। पिछले एक वर्ष में हम अंतरराष्ट्रीय स्तर पर तेजी से स्वीकार्य होते दिखे हैं तथा पिछले एक वर्ष में ही भारत के जन-जन में आत्माभिमान, सफलता के गौरव भाव का अद्भुत जागरण दिखा है। गत वर्ष के लोकसभा आम चुनाव के बाद जिस प्रकार देश में राजनैतिक परिवर्तन आया है; उसके संदर्भ में यह कहना कि मुझे कुछ भी विस्मयकारी नहीं लगता, सभी को विचित्र सा लग सकता है, किंतु इसमें विचित्र भाव की आवश्यकता कतई नहीं है, क्योंकि श्री मोदीजी इस संदर्भ में पूरे देश को यह चुनाव पूर्व ही बता चुके थे। आज हम एक वर्ष के कांग्रेस मुक्त भारत में जिस सकारात्मक वातावरण का आनंद ले रहे हैं, उसके विषय में श्री मोदीजी तब से इस भारत के समक्ष अपने भाषणों में शब्दचित्र प्रस्तुत करते रहे हैं। हमारे प्रधानमंत्री श्री नरेंद्र मोदीजी के नेतृत्व में प्रथम वर्ष का पूर्ण होना एक पड़ाव नहीं माना जा सकता, क्योंकि वे जिस प्रकार का अनथक श्रम कर रहे हैं, उसमें पड़ाव पर रुकने जैसे शब्दों के लिए स्थान ही नहीं है। रेसकोर्स में उनके प्रथम वर्ष के अथक प्रयासों का ही परिणाम है कि देश की विभिन्न संस्थाओं, प्रतिष्ठानों, अधिष्ठानों तथा व्यक्तियों का चरित्र बदला-बदला सा प्रतीत होता है। सभी स्थानों पर सर्वथा भिन्न प्रकार का भाव निर्माण हम स्पष्ट देख पा रहे हैं। संसद्, प्रधानमंत्री सचिवालय, मंत्रालय से लेकर

नीचे तक अब काम करने व देश को आगे बढ़ाने की रुचि हमारे मूलभूत गुण के रूप में प्रकट हो रही है। हम चरित्रगत परिवर्तन के युग में प्रवेश कर रहे प्रतीत हो रहे हैं।

इस पुस्तक 'नमो : 7 रेसकोर्स में प्रथम वर्ष—कांग्रेस मुक्त भारत की अवधारणा' के माध्यम से लेखक प्रवीणजी गुगनानी जागरण अभियान के प्रहरी के रूप में लेखन कर रहे हैं। लेखक ने इस पुस्तक में राजनैतिक घटनाओं के स्थान पर सांस्कृतिक राष्ट्रवाद पर अधिक ध्यान केंद्रित किया है। सजग, सचेष्ट व संतुलित आलेखों के इस संग्रह 'नमो : 7 रेसकोर्स में प्रथम वर्ष—कांग्रेस मुक्त भारत की अवधारणा' जैसे प्रयास के लिए लेखक श्री प्रवीण गुगनानी को आशीष व हार्दिक शुभकामनाएँ।

(अनिल दवे)
सांसद, राज्यसभा

आमुख

राजनैतिक दृष्टि से महत्त्वपूर्ण घटनाओं का चयन, लेखन व विश्लेषण एक सामान्य प्रबुद्ध कर्म है, जो सतत चलता रहना चाहिए। इसके पीछे इतिहास लेखन जैसा गुरुतर भाव नहीं होना चाहिए, संयोग से इस पुस्तक का भाव ऐसा है भी नहीं। गत एक वर्ष के राष्ट्रीय घटनाक्रम, भारतीय जनता पार्टी के विचार-मार्ग व लक्ष्यों पर केंद्रित इस पुस्तक 'नमो : 7 रेसकोर्स में प्रथम वर्ष—कांग्रेस मुक्त भारत की अवधारणा' में कुछ ऐसे तत्त्व भूत घटनाओं व लक्ष्यों का उल्लेख व स्मरण है, जो वाकई संवेदनशील हैं। गत वर्ष इस देश के प्रधानमंत्री के रूप में श्रीयुत नरेंद्रजी मोदी ने जिस प्रकार नेतृत्व दिया है, उसके लिए केवल एक ही शब्द पर्याप्त है, और वह है—गौरवशाली! नरेंद्रजी मोदी इस राष्ट्र के प्रधानमंत्री के रूप में पिछले वर्ष में अथक, अबाध, अतुलनीय व अहर्निश श्रम करते ही दिखे हैं। उनकी शुचिता, उनकी जिजीविषा, उनका समर्पण, उनका भारत माता के प्रति सम्मान, उनका इस राष्ट्र के परम वैभव का स्वप्न, स्वप्न के लिए कार्य, कार्य की शैली, सभी कुछ अद्‍भुत व अभूतपूर्व है। हाल के दशकों में भारतीयों ने किसी भी प्रधानमंत्री को इतना सख्त श्रम करते नहीं देखा था, फलस्वरूप प्रधानमंत्री नाम की संस्था, 7, रेसकोर्स तथा केंद्रीय सचिवालय कभी भी इतने चैतन्य-जाग्रत् नहीं दिखे, जितने कि आज दिख रहे हैं। निस्संदेह कथन कर रहा हूँ कि श्रीयुत नरेंद्रजी मोदी ने 7, रेसकोर्स रोड को शक्ति का नहीं, प्रेरणा का केंद्र बनाया है। देश का केंद्रीय सचिवालय पिछले एक दशक के पश्चात् भ्रष्टाचार के राक्षस से मुक्त प्रतीत हुआ है। प्रधानमंत्री

कार्यालय तो जैसे एक भट्ठी बन गया है, जिसमें तपकर समस्त केंद्रीय मंत्री चमक बढ़ाते हुए अपनी कार्यक्षमता में वृद्धि, तीव्रता व तीक्ष्णता प्राप्त करते दिखे हैं। इस संपूर्ण प्रेरणादायक वातावरण में संपूर्ण भारतीय जनता पार्टी एक यज्ञशाला में पवित्र संकल्प के साथ संभावनाओं के समुद्र का निर्माण करती दिखाई दी है।

इस पुस्तक के विषय में भी यह कहना उचित प्रतीत होगा कि इस देश में बने एक नूतन प्रकार के राजनैतिक वातावरण में ऐसे प्रबोधन रूपी प्रयास होते रहने चाहिए। जाग्रत् राष्ट्र, चैतन्य समाज तथा संज्ञावान व्यक्ति-निर्माण में लेखन, मनन का अपना महत्त्वपूर्ण स्थान होता है। यह पुस्तक उस स्थान की परिधि में है।

श्रीयुत नरेंद्र मोदी के गत वर्ष का मनन करने के साथ-साथ आगामी चार वर्षों के लिए इस पुस्तक का जो चिंतन है, वह अधिक महत्त्वपूर्ण है। इस पुस्तक के लेखक प्रवीण गुगनानी को तथा पुस्तक 'नमो : 7 रेसकोर्स में प्रथम वर्ष—कांग्रेस मुक्त भारत की अवधारणा' को शुभाशीष तथा शुभकामनाएँ!

अरविन्द

(अरविंद मेनन)

प्रदेश महामंत्री (संगठन)

भारतीय जनता पार्टी, म.प्र.

दो शब्द

इस देश ने बहुत से राजनैतिक परिवर्तनों का सामना किया है, स्वतंत्रता के पूर्व भी व पश्चात् भी। प्रत्येक परिवर्तन के समय इस राष्ट्र की जनता ने एक अद्‌भुत रूप को प्रकट किया है। विशेषत: स्वातंत्र्योत्तर काल के राजनैतिक परिवर्तनों में जिस प्रकार जनता जनार्दन की भूमिका रही वह सदैव चुप्पी भरी रही है। जनता रहस्यमयी चुप्पी रखती थी, अपने रुख स्वभाव को प्रकट नहीं करती थी और सत्ता बदल जाती थी। 1977 में लोकनायक जयप्रकाश नारायण की संपूर्ण क्रांति आंदोलन के समय हुए केंद्रीय आम चुनावों में जनता ने अपने निर्णय में रहस्य बनाए रखा था, यही रहस्य मंडल-कमंडल के द्वंद्व के समय विश्वनाथ प्रताप सिंह के प्रधानमंत्री बनते समय भी रहा व अटल बिहारीजी वाजपेयी के प्रधानमंत्री बनने के समय भी। देश में हुए चौदह लोकसभा चुनावों में सर्वाधिक मुखर चुनाव यदि कोई हुआ है तो वह है वर्ष 2014 का लोकसभा चुनाव। 2014 का आम चुनाव तो वस्तुत: एक-पक्षीय नरेंद्रजी मोदी का ही चुनाव था। यदि हम पिछले आम चुनाव से व हमारे महान् भारत के पिछले एक वर्ष से नरेंद्र मोदी नाम के लाल को अलग करें तो जो बचता है उसे रिक्त, खाली और शून्य ही कहा जा सकता है। चुनाव अभियान में, प्रचार सामग्री में, आम सभाओं में, इलेक्ट्रॉनिक-प्रिंट मीडिया में, सोशल मीडिया में तथा चुनाव प्रचार के अभिनव तरीकों के उपयोग में यदि कोई सर्वाधिक अग्रणी रहा तो वह नरेंद्र मोदी तथा भाजपा ही थी। मुखर व्यक्तित्व के धनी नरेंद्र मोदी को देश की जनता ने भी अत्यंत मुखरता से चुना और वे इस देश के पहले ऐसे गैर-कांग्रेसी प्रधानमंत्री बनें, जिनके दल को स्पष्ट बहुमत प्राप्त हुआ हो।

श्रीयुत नरेंद्र मोदी का प्रधानमंत्री बनना इस देश के लिए एक नए युग का प्रारंभ ही था। इस नए युग के एक वर्ष में, जो अभियान चला वह वस्तुतः पिछले वर्ष के आम चुनावों का भी लक्ष्य था और वर्तमान के साथ-साथ भविष्य का भी, वह है—कांग्रेस मुक्त भारत। इस पुस्तक 'नमो : 7 रेसकोर्स में प्रथम वर्ष' के लेखक प्रवीण गुगनानी ने अपनी इस लेखन शृंखला को बहुत कुछ इस कांग्रेस मुक्त भारत अभियान के आसपास केंद्रित भी रखा है। प्रवीणजी की यह बात सच ही है कि यह पुस्तक प्रधानमंत्री नमो के एक वर्ष का आकलन नहीं है, आकलन करनेवाले हम कोई होते भी नहीं है। किंतु हम इस परिवर्तन यात्रा के, एक विचार यात्रा के व कांग्रेस मुक्त भारत अभियान के एक यात्री अवश्य हैं और यह पुस्तक उस यात्रा का एक भावपूर्ण अनुभव कथन है।

एक निरंतर लेखन करनेवाले कालॅमनिस्ट के रूप में इस पुस्तक के लेखक प्रवीण गुगनानी ने भारतीय जनता पार्टी के कांग्रेस मुक्त अभियान में अनुपम, अद्भुत व अतुलनीय योगदान दिया है। उन्हें भावी जीवन हेतु यश, कीर्ति व दीर्घायु प्राप्ति की शुभकामनाएँ।

(कैलाश विजयवर्गीय)
नगरीय विकास एवं पर्यावरण मंत्री, म.प्र. शासन
केंद्रीय संपर्क प्रभारी, भाजपा, दिल्ली

स्मरण उल्लेख

शृंखला की प्रथम पुस्तक 'नमो : 7 रेसकोर्स की ओर' का

गत वर्ष 2014 के ऐतिहासिक लोकसभा चुनाव के समय जब दो चरणों का मतदान संपन्न हो गया, तब मेरे कुछ मित्रों और नरेंद्रजी मोदी के शुभ-चिंतकों ने मुझे बिहार, उत्तर प्रदेश, उत्तराखंड और विशेषत: पूर्वांचल आधारित लेखन कार्य करने का आदेशात्मक आग्रह किया था। कुछ देर-सवेर सही, किंतु वह सत्कार्य हो गया और प्रभात प्रकाशन की संवेदनशील तत्परता से अत्यल्प समय में एक पुस्तक 'नमो 7, रेसकोर्स की ओर' का प्रकाशन हो गया। इस पुस्तक की विषय-वस्तु मई 2013 से लेकर अप्रैल 2014 की उन घटनाओं पर केंद्रित थी, जिन घटनाओं ने 7, रेसकोर्स की दिशा में नमो के रथ को गति दी थी।

अल्पतम और व्यस्ततम समय में इस पुस्तक की प्रस्तावना तथा आमुख आदरणीय सुब्रमण्यमजी स्वामी एवं आदरणीय अनिलजी दवे ने लिखकर मुझे अनुगृहीत भी किया, अचंभित भी। यहाँ अचंभित शब्द का प्रयोग कृतज्ञतापूर्वक इसलिए कर रहा हूँ, क्योंकि इस पुस्तक की योजना और लेखन के समय पूरे देश में सभी राजनीतिज्ञ लोकसभा चुनाव के महा-अभियान में अति व्यस्त थे और एक-एक पल की योजना बनाकर समय का संपूर्ण दोहन किया जा रहा था। देश के चप्पे-चप्पे में चल रहे इस चुनाव अभियान के मध्य माननीय सुब्रमण्यम स्वामी एवं माननीय अनिलजी दवे द्वारा इस पुस्तक के लिए समय निकालकर लेखन करना उनके उदारमना होने के साथ-साथ मेरे प्रति स्नेहसिक्त

होने का भी प्रमाण है। विमोचन की योजना मेरे कर्णावती (अहमदाबाद) के मित्रों ने ही बनाई और भाजपा के राष्ट्रीय अध्यक्ष राजनाथजी के शुभ हस्ते इस पुस्तक का विमोचन कार्यक्रम बनारस में होना तय हुआ, जो बाद में उनकी अति व्यस्तता के चलते, बनते-बिगड़ते हुए अंततः रद्द हुआ। इस सत्कार्य के भाग्य में ऐसा पुण्य था, जो इस पुस्तक के विमोचन कार्यक्रम को और अधिक यशस्वी और ऊर्जावान बना गया। मेरे मित्रों के प्रयासों से इसका विमोचन बनारस में ही भाजपा के संगठन महामंत्री आदरणीय रामलालजी, नरेंद्रजी मोदी के हनुमान अमितजी शाह और अरुणजी जेटली के हस्ते संपन्न हुआ।

जब यह पुस्तक प्रकाशन हेतु प्रभात प्रकाशन के श्रीयुत प्रभातजी के हाथों में पहुँची तो उन्होंने इसके नाम 'नमो 7, रेसकोर्स की ओर' पर मेरा ध्यान आकृष्ट कराया और मुझे यह बताया कि इस नाम के कारण यह पुस्तक चुनाव के बाद रुचिकर नहीं रह पाएगी और इसका विक्रय प्रभावित होगा। किंतु न जाने क्यों, पुस्तक के इस नाम से मुझे मोह हो गया था। वस्तुतः तब मेरा हृदय यह निश्चय कर चुका था कि नमो तो रेसकोर्स रोड में जाएँगे ही, और मैं उनके प्रधानमंत्रित्व काल का वार्षिक लेखा-जोखा भी करूँगा। गत लोकसभा चुनाव के उस समय, जबकि बड़े-बड़े चुनावी विशेषज्ञ, रणनीतिकार, राजनीतिज्ञ, कूटनीतिज्ञ केंद्र में नमो सरकार बनने को लेकर आश्वस्त नहीं थे और आशंका-कुशंका के बड़े-बड़े काले बादल इलेक्ट्रॉनिक मीडिया एवं प्रिंट मीडिया द्वारा प्रायोजित किए जा रहे थे, तब मेरे जैसे चुनावी अनभिज्ञ के मन में नमो के प्रधानमंत्री बनने की तथा स्पष्ट बहुमत की सरकार बनने की कल्पना और भविष्यवाणी करना एक देवयोग ही था। इस देवयोग के फलस्वरूप ही 'नमो 7, रेसकोर्स की ओर' जैसे स्पष्ट घोष वाक्य की पुस्तक की योजना तथा 'नमो : 7 रेसकोर्स में प्रथम वर्ष' से लेकर 'नमो 7, रेसकोर्स में दशक' तक की योजना मेरे मानस में मई 2014 में ही प्रज्वलित हो गई थी। यद्यपि ज्योतिष विद्या में श्रद्धाभाव होने के अतिरिक्त मेरा उससे दूर-दूर तक कोई संबंध नहीं है, तथापि इस आत्मविश्वास को आप अपनत्वपूर्वक कुछ भी संज्ञा दे सकते हैं।

पिछली पुस्तक के इस उल्लेख व स्मरण के साथ 'नमो : 7 रेसकोर्स में प्रथम वर्ष' आपके समक्ष विनम्रतापूर्वक प्रस्तुत है।

लेखकीय निवेदन

एक विराट्, वितान को देखते हुए, व्यक्तियों की चर्चा अनपेक्षित ही रहती है। भारत के प्रधानमंत्री श्रीयुत नरेंद्रजी मोदी में से एक 'व्यक्ति' को अलग कर दें, तो कहना होगा कि इस पुस्तक में उल्लखित नमो व्यक्ति नहीं है, 'नमो' एक श्रेष्ठ विचार-यज्ञ का प्रसाद है। नमो एक प्रवाह है, जो एक विचार से उत्पन्न होकर संपूर्ण राष्ट्र को मथ रहा है। इस मंथन के परिणाम आशानुरूप सकारात्मक ही होंगे, यह विश्वास अब इस देश में एक बहुतेरे मिलने वाला मनोभाव है। यह भाव लगभग सभी व्यक्ति, समाज, नगर, प्रदेशों में व्याप्त है, यह एक विशिष्ट व प्रसन्नचित करने वाली बात है। इस प्रकार का वातावरण हमारे देश में, स्वतंत्रता के बाद कम ही दृष्टिगोचर हुआ है।

यह आकलन का नहीं, विचार-यज्ञ के इस प्रसाद के पुण्य में प्रफुल्लित रहने का समय है। हमारे समाज को प्रसाद के पूर्व पंचामृत ग्रहण करने का अभ्यास है। पंचामृत में मिलने वाली विभिन्न सामग्रियाँ विपरीत स्वभाव की भी होती हैं, किंतु उन्हें जब विधिपूर्वक प्रमाण में मिश्रित किया जाता है, तब उसमें मिश्रित भिन्न व विपरीत स्वभाव की सामग्री भी एक अद्‍भुत प्रभाव और स्वाद वाली स्थिति में आ जाती है। भारतीय लोकतंत्र के वर्तमान स्वरूप या भाजपा के लक्ष्यों के आकार व स्वभाव के परिप्रेक्ष्य में दो-तिहाई बहुमत के मिश्रण के बिना यह पंचामृत कितना प्रभावी हो पाएगा, यह केवल इसकी मंशा पर निर्भर करेगा। भाजपा अपने चिर-प्रतीक्षित लक्ष्यों को एक श्रेष्ठ, सकारात्मक, चर्चा-चिंता के वातावरण में लाकर उन्हें समाज की आस्था-पीठ पर प्राण प्रतिष्ठित

करा दे, ऐसा पंचामृत व जनादेश तो नमो को मिला ही है। 'प्रयोग करने का साहस-उपक्रम तो करना ही पड़ेगा'; सौभाग्य से यह तथ्य नमो कि भाजपा ने सत्ता में आने के पश्चात् अतिशीघ्र समझ लिया है। जम्मू-कश्मीर में इस प्रयोग के साक्षात् अनुभव में हम 'साहस' और 'सहमे' दोनों भाव को जी रहे हैं। ऐसे ही प्रयोग इस राष्ट्र में और भी हो सकते हैं, किंतु उसके पूर्व उन विषयों पर चर्चा-परिचर्चा का वातावरण बनाना आवश्यक है। चर्चा-परिचर्चा के दूरदर्शनी संस्करण की अपनी उपयोगिता है, किंतु यहाँ चर्चा से मेरा आशय समाज में नीचे तक जन-चर्चा के वातावरण से है। **कुछ शाश्वत विषयों, जैसे 'जन्मभूमि', में सहमति हेतु चर्चा स्वीकार्य है, किंतु प्रयोग अस्वीकार्य है; यह प्रचंड सत्य भी सर्वविदित ही है।**

गत वर्ष बहुत से ऐसे विषय नमो से अछूते रहे हैं, जिन पर नमो-दृष्टि आवश्यक लगती है। ऐसा लगना या आभास होना कि 'अरे, यह तो हुआ ही नहीं', 'यह तो कहा ही नहीं', 'यह तो किया ही नहीं' स्वाभाविक है, किंतु इस राष्ट्र में आठ सौ वर्षों बाद आए शासन को जनता के अनुरूप चलाना भी आवश्यक है। जनता की दैनंदिन व्यथा-पीड़ा को समझकर, उसमें हमदर्द होकर शासन को जनोन्मुखी बनाना भी परम आवश्यक है। ऐसे जनकार्य करके आठ सौ वर्षों बाद आए शासन की निरंतरता बनाना भी आवश्यक है। इन सब प्राथमिकताओं के मध्य, जो नहीं हुआ है, वह हो जाएगा, ऐसा विश्वास हमें धारण कर भविष्य की ओर देखना चाहिए। अभी तो यही लगता है।

पिछले वर्ष हुए विभिन्न राज्यों के चुनाव परिणाम, घोटाले विहीन सरकार, जातिवाद से मुक्ति की ओर बढ़ रही भारतीय राजनीति, अंतरराष्ट्रीय सीमाओं पर घुसपैठ व मुठभेड़ की घटनाओं में कमी, अर्थव्यवस्था की तेज गति इत्यादि बहुत सी बातें हैं, जो सकारात्मक हैं। जिन राज्यों में भाजपा इस वर्ष सत्ता में आई, वहाँ गौवंश सरंक्षण कानून बने हैं। धर्मांतरण विरोधी कानून एक राष्ट्रीय चर्चा का विषय बनते-बनते रह गया है। जनसंख्या कानून भी कुछ इस तरह की राष्ट्रीय चुप्पी का शिकार हुआ है। धर्मांतरण और जनसंख्या असंतुलन विषय पर सतह के नीचे गरमी बनी हुई है। इस मध्य नमो पर आरोप भी लगे हैं कि वे व्यक्तिवादी और केंद्रित दिल्ली का निर्माण कर रहे हैं। केंद्रीय मंत्री

प्रधानमंत्री से अनुशासित रहे, ऐसा दृश्य हम कुछ दशकों से नहीं देख पाए थे, संक्षेप में यह कि ऐसा कहने वालों के पास कोई आधार नहीं है। नीतिगत निर्णय जिस प्रकार मंत्रालयों में पद्धति व विधि सम्मत-शैली से हो रहे हैं, वैसा दृश्य भी नूतन ही है। इसके पूर्व के दशक में केंद्रीय मंत्रालयों के निर्णय मंत्रालय में नहीं अपितु कॉरपोरेट हाउसेस में रचे जाते थे तथा बड़े ही विचित्र सदनों में लिखे जाते थे। पिछले एक दशक में 10, जनपथ के समक्ष, 7, रेसकोर्स की भूमिका तथा आकार के हेय किस्से इस पुस्तक के सकारात्मक स्वरूप को विरूप कर सकते हैं, अत: संकेत में राम-राम!

भारतीय जनता पार्टी के जून 2013 के गोवा सम्मेलन में नमो के भाषण की थीम लाइन थी—'विश्वास को फलीभूत करेंगे और कांग्रेस मुक्त भारत का निर्माण करेंगे।' तब से लेकर अब तक इस देश में इस थीम का अद्‌भुत, चमत्कारिक व प्रभावी दृश्यगत हुआ है। इस अवधारणा 'कांग्रेस मुक्त भारत' का अर्थ आखिर है क्या? वे कौन से तत्त्व, परिस्थितियाँ, अवधारणाएँ, दृष्टिकोण और व्यवहार हैं, जो कांग्रेस लगातार अपनाए रही और इनमें पूरे देश की ऊर्जा का अनुत्पादक मंथन करती रही? कांग्रेस मुक्त भारत का अर्थ बहुत व्यापक और विस्तृत है। भाजपा को अपने प्रधानमंत्री नमो के इस उद्धरण और प्रतीकात्मक शब्द के लिए अपने आपको तैयार भी करना होगा। इस विकराल और विशाल अर्थों वाले सूत्रवाक्य के लिए अपने आपको बदलना और समेटना भी होगा। नमो की भाजपा और उसके मातृ संगठन आर.एस.एस. सहित सभी खाँटी समवैचारिक संगठन, यदि कांग्रेसी शासन में किसी बात का स्वप्न भी नहीं देख पाते तो वह है, अयोध्या की सांस्कृतिक सीमा को राम मंदिर के प्रांगण के रूप में देखना। इस सपने को साकार करना ही कांग्रेस मुक्त भारत है! यदि कांग्रेस मुक्त भारत का स्वप्न साकार होना है तो वह होगा कश्मीर में धारा 370 की समाप्ति के आधार पर! कांग्रेस मुक्त भारत का अर्थ है, इस देश में गौवंश हत्या पर पूर्ण प्रतिबंध! कांग्रेस मुक्त भारत का अर्थ है—सामान नागरिक संहिता, निर्मल गंगा का एक बड़ा सार्थक अभियान, तुष्टीकरण की समाप्ति! कांग्रेस मुक्त भारत जैसा शब्द तभी सार्थक होगा, जब इस देश में बांग्लादेशी घुसपैठियों का आना रुक पाए और पूर्वोत्तर के सभी राज्यों को मुख्य धारा में समावेशित

करने के लिए एक ठोस राष्ट्रीय नीति का निर्माण हो। कांग्रेस मुक्त भारत का विचार तब सार्थक होगा, जब कश्मीर, अरुणाचल सहित देश की सभी सीमाएँ पूर्ववत् हों। यदि हमें कांग्रेस मुक्त भारत बनाना है तो हमें देखना होगा कि विभिन्न बहुसंख्यक विषयों पर देश के अंदर पिछले दशकों में जो एक प्रकार का अटपटेपन और असहजता का वातावरण बन गया है, वह खत्म हो। ऋषि परंपरा के अनुरूप सार्वजनिक, सामुदायिक आचरण व्यवहार ही कांग्रेस मुक्त भारत है। हिंदुस्थान में रहनेवाला प्रत्येक नागरिक, हिंदू जीवन पद्धति के अनुसरण के साथ स्वयं को हिंदू माने, यह ही कांग्रेस मुक्त भारत है। इस देश का आम आदमी हो या प्रधानमंत्री, कोई यह कहने का दुस्साहस करे कि इस देश के संसाधनों पर पहला हक अल्पसंख्यकों का है तो वह 'कांग्रेस युक्त भारत' है और यदि इस प्रकार की वोट आधारित तुष्टीकरण की राजनीति के घृणित जुमले बंद हों तो वह कांग्रेस मुक्त भारत है। ऐसे अनेकानेक प्रावधान, प्रतिबद्धताएँ और प्रक्रियाएँ हैं, जिनसे मुक्ति ही कांग्रेस मुक्त भारत की अवधारणा को क्रियान्वित और चरितार्थ कर पाएगी! यद्यपि नमो का आचरण, प्रतिबद्धता, प्रकटीकरण और वैचारिक प्रखरता; जिस प्रकार से इस देश के देखने में आई है, उसमें यह स्पष्ट ही परिलक्षित होता है कि वे स्वयं इस कांग्रेस मुक्त भारत के सपने को देखते-बुनते ही साँसें लेते हैं तथापि समूची नई संस्करण वाली भाजपा को भी नमो के इस स्वप्न को साकार करने और उसे सगौरव देखने की मानसिकता में आने की प्रचंड प्रतिबद्धता दिखानी होगी और दुस्साहनी होने की दुदुंभी बजानी होगी।

यह पुस्तक किसी व्यक्ति, सरकार या कालखंड का आकलन नहीं है। अभी आकलन का समय भी नहीं है। अभी तो यात्रा प्रारंभ ही हुई है। प्रथम वर्ष के घटनाक्रमों के लेखन को, नमो का आकलन करने के प्रयास का नाम कृपया सुधी पाठक न देवें। यह पुस्तक एक विचार की गति, दशा और दिशा के साथ चलने का अनुभव-कथन मात्र है। मेरे इस अनुभव-कथन में, आपके अनुभव या आभास की दिशा बदलने का मेरा कोई उद्देश्य नहीं है। किंतु इतना अवश्य है कि आपके अनुभव के मूल देशज भाव को प्रकट करने-कराने के मनोभाव का प्रतिफल इस पुस्तक को मिलता है, तो ही यह सार्थक होगी। देशराग सुनाने

जैसे भाव का बीज हम सभी में आज की दिल्ली के पूर्व से है। हममें देशराग के अंकुर उपजते रहे हैं, उस अंकुरण का रक्षण-संरक्षण भी हम करते रहे हैं। **दिल्ली में समरस होकर, ''और भी दिल्लियाँ हैं, इस दिल्ली के सिवा'' कहने के वीतरागी भाव के साथ यह पुस्तक प्रस्तुत है। ''परम वैभवं नेतुमेतत् स्वराष्ट्रं, समर्था भवत्वाशिषा ते भृशम्'' को हृदय में धरकर, हमारी इस देवभूमि पर, ऋषि परंपरा के अनुरूप वातावरण का निर्माण करने की दिशा में सतत चला आ रहा मानस और अधिक पुष्ट-संपुष्ट हो, यही इस पुस्तक की आशा है।**

आपके समक्ष प्रस्तुत इस पुस्तक की योजना भले ही मन-मष्तिष्क में गत वर्ष ही आ गई थी, किंतु कुछ निजी व्यस्तता, कुछ मित्रों के द्वारा दिए गए अन्य लेखन के प्रकल्प पूर्ण करने का दबाव और कुछ आलस्य इन तीनों ने ही इस पुस्तक की लेखन सामग्री को तैयार करने में मुझे पीछे कर दिया और मई '15 में ही इस पुस्तक के लेखन-कार्य को मेराथन मानकर आरंभ कर पाया था। आशंकित हूँ कि नमो के 7, रेसकोर्स में पहुँचने के ठीक एक वर्ष पूर्ण होने तक यह पुस्तक प्रस्तुत होगी या कुछ दिन बाद।

वैसे तो नमो के प्रधानमंत्रित्व के प्रथम वर्ष की समीक्षा, भारत में उपजे दो शब्दों के वातावरण से पूर्ण हो जाती है। वे दो शब्द हैं—'विश्वास और स्वाभिमान'। मई 2014 से अप्रैल 2015 तक के परिदृश्य के लिए लिखित इस पुस्तक में बहुत सी बड़ी-बड़ी घटनाएँ छूटी होंगी, किंतु सांस्कृतिक राष्ट्रवाद के जागरण, राष्ट्र के परम वैभव की अवधारणा, विश्वगुरु आसन के दीर्घकालिक लक्ष्य को साध रही वर्तमान दिल्ली की छोटी-छोटी मन की बातें मैंने अवश्य समेटी हैं। इस पुस्तक में कुछ स्मरण हैं, कुछ व्यथा-वेदना और कुछ लक्ष्य मार्ग में आए हुए अवसाद और उल्लास! अब ''नमो व्यक्ति नहीं है, बल्कि एक श्रेष्ठ विचार-यज्ञ का प्रसाद है,'' इस विचार के पोषण का समय आ गया है, भविष्य संभवतः इस विचार को अतिरिक्त ऊर्जा से पोषित करेगा। इस भविष्य में हम यह देख पाएँगे कि 'नमो' के बाद 'नमो' और भी हैं, श्रृंखला है!

फ्रांस में राफाल विमान क्रय सौदे को सामान्य क्रय प्रक्रिया से हटकर, सीधे करते समय 'नमो विश्वास' से देश का मीडिया, विपक्ष, जनता जिस

प्रकार आश्वस्त रहा, उससे नूतन वातावरण की सुबह हो गई प्रतीत होती है। कल्पना कीजिए, यदि एक वर्ष पूर्व किसी अन्य राजनेता ने इस प्रकार स्थापित परंपरा-प्रक्रिया से हटकर, इतनी बड़ी रक्षा खरीद सीधे की होती तो क्या होता? उस राजनेता के अग्नि में खड़े होने पर भी कोई विश्वास न करता। किंतु आज हम एक वर्ष में जैसे दूसरे युग में प्रवेश कर गए हैं, विश्वास का इतना तेज जागरण कम अवसरों पर देखने को मिलता है। प्रतिनिधि रूप में विश्वास जागरण के इस वृत्तांत के उल्लेख से दृष्टि की समानांतर दिशा रख रहा हूँ, पाठक इस दिशा में पाठन करेंगे तो कुछ अनूठे, नवीन व आश्वस्ति के ऐसे भाव पाएँगे, जिनसे देश का हृदय प्रफुल्लित है। इस कथन को विवश किंतु आनंदित, उल्लासित होकर कर रहा हूँ कि ऐसे परिवर्तनकारी जनादेश देने वाली जनता-जनार्दन के अनेकों पक्षों से, इस देश का एक ऐसा बड़ा वर्ग अनभिज्ञ है, जो अपने आपको इस राष्ट्र का कथित विशेषज्ञ कहता-समझता है। 'नमो : 7 रेसकोर्स में प्रथम वर्ष' को आप सुधी पाठकों के समक्ष प्रस्तुत करते समय मैं भारत की भोली-भाली जनता-जनार्दन और भारत की मिट्टी में छिपे दिव्य तत्त्व के अंशमात्र के दर्शन से धन्य हूँ। इस दिव्य तत्त्व से उपजे जनादेश ने जिस प्रकार भारत को एक बड़े नैराश्य भाव से उठाकर गौरव भाव के पड़ाव पर ला खड़ा किया है, वह अनेकों दिव्य आशाओं को जन्म दे रहा है।

इन्हीं दिव्य आशाओं के साथ, नमामि गंगे!

आपका
प्रवीण गुगनानी
महामंत्री, अखिल भारतीय साहित्य परिषद्, मध्य क्षेत्र
guni.pra@gmail.com

अनुक्रम

समर्पण *5*

स्पष्टीकरण *6*

प्रस्तावना *7*

आमुख *9*

दो शब्द *11*

स्मरण उल्लेख *13*

लेखकीय निवेदन *15*

मई 2014

1. विदेशी नहीं चाहते थे कि तेजवंत, गुणवंत, बलवंत बनें केंद्र सरकार 27
2. 16 मई का वह परिणाम व परिवर्तनकारी दिन 31
3. नमो के शपथ-ग्रहण में दिल्ली बनी एशियाई आशा केंद्र 32
4. संघ प्रचारक का प्रधानमंत्री बनना और प्रणाम कर संसद् की प्राण प्रतिष्ठा करना 35
5. अपनी संवैधानिक सीमाओं, औकातों को भूल गए अब्दुल्ला 39

जून 2014

1. भूटान—विश्वगुरु के लक्ष्य में प्रथम यात्रा 45
2. चीन ने बढ़ाई नरेंद्र मोदी की चिंता 48
3. हिंदी मुद्दा : दक्षिणी राज्यों के दबाव में 53

जुलाई 2014

1. ब्रिक्स में नमो का प्रभावी प्रदर्शन 59
2. फ्रांसिस डिसूजा की क्षमा, हिंदूराष्ट्र मुद्दे के वध-उत्सव का दुष्प्रयास 63
3. यदि संप्रग शासन में वर्षा सवा माह देर से होती...तो मंत्री बयान देकर महँगाई का बवंडर ले आते 68

अगस्त 2014

1. विश्वगुरु की ओर : नमो और गुरुजी की नेपाल यात्रा 73
2. संविधान सम्मत है सरसंघचालकजी का हिंदू आग्रह 77
3. अंतत: रुक गया सेतु का विध्वंस 81

सितंबर 2014

1. नमो ने जापान में जा बजाई कृष्ण की बंसी 87
2. चीन बनाम राष्ट्रवादी नमो और कारोबारी मोदीजी 88
3. कश्मीर में बाढ़ की पीड़ा और शरीफ को जनमत संग्रह का पेटदर्द 92

अक्तूबर 2014

1. वीजा की अप्रिय स्मृतियाँ व नमो की ग्रेंड अमेरिका यात्रा 99
2. संदर्भ : प.पू. सरसंघचालक मोहन भागवत का भाषण, वैचारिक अधिष्ठानों के देश से संवाद में संकोच क्यों? 101

नवंबर 2014

1. पाकिस्तान नहीं चाहता कश्मीर में बने हिंदू मुख्यमंत्री 107
2. फीजी, म्याँमार, आस्ट्रेलिया दौरा और जी 20 111

दिसंबर 2014

1. धर्मांतरण कानून पर चुप क्यों शकुनि राजनीतिज्ञ? 115
2. रामलला ईलायची दाना देख तिरपाल में रहें, लोग खाए लड्डू व महलों में रहे, नाबरदाश्त! 119

जनवरी 2015

1. संदर्भ : साक्षीजी महाराज/चार बच्चे 123
2. अब प्राथमिकता हो कश्मीरी पंडित पुनर्वास 127
3. ओबामा का गणतंत्र दिवस पर दिल्ली आना 131

फरवरी 2015

1. संसद् में कश्मीर संकल्प के बाद विफल पच्चीस वर्ष 135
2. प्रधानमंत्री नमो का चर्च में भाषण 140

मार्च 2015

1. कश्मीर में भाजपा दुस्साहसी किंतु प्रतिबद्ध 145
2. नमो का सेशेल्स, मॉरीशस व श्रीलंका प्रवास 149

अप्रैल 2015

1. ओबामा ने लिखा, 'नरेंद्र और मैं' के भाव से नमो का परिचय 153
2. नमो की फ्रांस, कनाडा और जर्मनी यात्रा 155
3. जासूस लाल नेहरू 158

मई 2014

विदेशी नहीं चाहते थे कि तेजवंत, गुणवंत, बलवंत बने केंद्र सरकार

देश की जनता ने जहाँ सुदृढ केंद्र सरकार के गठन का मूड बना लिया था, वहाँ उसने ऐसा नहीं चाहने वालों को अपने दिल से उतार भी दिया था। देश की जनता का मानस एक नए प्रकार की राजनीति को जन्म देने वाला सिद्ध होगा, जिसका प्रमाणन वर्ष 2019 के लोकसभा चुनावों में होगा। निस्संदेह देश के जनता दीर्घकालिक व स्थिर सरकार चुनने के मूड में थी।

16, मई का वह परिणाम व परिवर्तनकारी दिन

इस दिन का अपना महत्त्व आने वाले दशक भर में ही स्पष्ट होगा, किंतु इस दिन भारतीय मतदाता ने अपने जिस परिपक्व रूप का प्रकटीकरण किया उसे राजनैतिक विश्लेषक असंभव मानते थे। देश ने लोकसभा में पहले भी बड़े जनादेश दिए थे, किंतु तब के जनादेश भावना प्रवाह में थे और अब का जनादेश सतह पर।

नमो के शपथ ग्रहण में दिल्ली बनी एशियाई आशा केंद्र

भारतीय प्रधानमंत्री के रूप में नमो के शपथ ग्रहण समारोह में सार्क देशों के सदस्य पधारे। इस अवसर पर लगा जैसे भारतीय राष्ट्रपति भवन का प्रांगण एशिया का संयुक्त प्रांगण बन गया हो।

संदर्भ धारा 370–अपनी संवैधानिक सीमाओं, औकातों को भूल गए अब्दुल्ला

नवनियुक्त मंत्रिमंडल के सदस्य जितेंद सिंह ने जब कहा कि देश में धारा 370 पर चर्चा और बहस का वातावरण बनाया जाना चाहिए। इस लोकतांत्रिक आग्रह के विरोध में उमर अब्दुल्ला बेतरह भड़क गए।

संघ प्रचारक का प्रधानमंत्री बनना और प्रणाम कर संसद् की प्राण प्रतिष्ठा करना

''नमो-नमो करना स्वयंसेवक का काम नहीं है''–मोहनरावजी भागवत

संघ के वे राजनैतिक विरोधी, जिन्होंने संघ का तनिक सा भी अध्ययन किया हो वे भयभीत रहते और जानते थे कि संघ के अंदरूनी ढाँचें से विधिवत् घोषित 'प्रचारक' का व्यक्तित्व कैसा होता है? वे यह भी जानते थे कि यदि एक 'प्रचारक' को भाजपा का शीर्ष पुरुष बनाया गया तो भाजपा पवित्रीकरण और लक्ष्य के प्रति समर्पण की पराकाष्ठा पर पहुँचेगी और तब एक प्रचारक की भाजपा को परास्त करना दुष्कर ही नहीं, बल्कि असंभव भी होगा!

विदेशी नहीं चाहते थे कि तेजवंत, गुणवंत, बलवंत बनें केंद्र सरकार

गत मई 2014 में लोकसभा चुनाव में मतदान के पहले चरण के संपन्न होते-होते ही पूरे देश में एक मत का यह वातावरण तैयार हो चुका था कि अगली लोकसभा में भाजपा मात्र सबसे बड़े दल के रूप में ही नहीं उभरेगी बल्कि स्पष्ट बहुमत भी प्राप्त करेगी। यद्यपि समाचार माध्यम, विश्लेषक, राजनीतिज्ञ व राजनैतिक दलाल ऐसा नहीं कह रहे थे तथापि देश में एक बयार सी चल पड़ी थी कि केंद्र की दिल्ली सरकार नरेंद्र मोदी के नेतृत्व में ही बनेगी और बेहद स्थिर, दृढप्रतिज्ञ होकर तेजवंत, गुणवंत, बलवंत चरित्र से देश को प्रगति के मार्ग पर आगे ले जाएगी। दूसरी ओर वातावरण यह भी था कि क्षेत्रीय क्षत्रपों ने 17 मई यानि मतगणना के दूसरे दिन से आगामी 15 दिनों के लिए दिल्ली में डेरा-डंडा डालना तय कर लिया था। ममता, जया, मायावती, लालू, मुलायम, नीतीश, शरद जैसे अनेक नेता और इनके एजेंट प्रकार के लोग मई के अंतिम दो सप्ताह में दिल्ली में रहना तय करके, अन्य कहीं का भी कोई कार्यक्रम नहीं ले रहे थे, क्योंकि इन्हें तो यह आशा थी कि जोरदार राजनैतिक मंडी सजेगी और हॉर्स ट्रेडिंग के नए कीर्तिमान स्थापित होंगे। सत्ता गलियारों के जानकार चटखारे ले-ले कर बताते हैं कि कुछ लोग तो लेन-देन के तरीके और टर्म पर चर्चा करने लगे थे, करेंसी या शेयर, देश में या विदेश में, गोल्ड में या डायमंड में, नगद लाभ लेंगे या मंत्री बनकर उपकृत होंगे, ये सब कल्पनाएँ साँप बनकर रायसीना हिल की गलियों में रेंगने लगी थीं।

सौभाग्य से इस सबका निर्णय करनेवाले सामान्य व्यक्ति के मन में इस दुर्दांत दृश्य से अलग-विलग एक अच्छी और शुभस्व से सराबोर आशा थी, उसकी निर्धारित पटकथा में ये दृश्य थे ही नहीं! एक भारतीय के रूप में सभी यही चाहते थे कि देश को एक स्थिर और बहुमतवाली ही सरकार मिले, ताकि वह अल्पमत और समर्थनों पर टिकी सरकार की विकलांग मानसिकता और दूसरों की दयादृष्टि पर जीने की सोच से परे हटकर केवल देश-विकास-समाज-लोकतंत्र और विश्व कल्याण की ओर एकांग दृष्टि गढ़ाए तेजी से आगे बढ़ सके, देश के प्रत्येक नागरिक की शुभेक्षा यही थी कि भारतमाता का अक्षत तिलक हो और यह देवभूमि अपने परम वैभव को प्राप्त कर विश्व का नेतृत्व करे। राजनैतिक दृष्टि से हमारा वैश्विक नेतृत्व का इतिहास नहीं रहा किंतु विश्व की प्रज्ञा, संज्ञा और विज्ञा के हम भारतीय स्रोत रहे हैं, यह बात हम भी जानते हैं और शेष विश्व भी, यही वह तथ्य है जो पिछले हजार वर्षों से लेकर वर्तमान तक की वैश्विक शक्तियों को सक्रिय किंतु आशंकित किए रहता है कि यदि कहीं भारत अपनी आंतरिक समस्याओं से मुक्त होकर उठ खड़ा हुआ तो उसके तेज, बल, श्रम और बुद्धि का सामना करना असंभव होगा।

हम सभी इस तथ्य से भी एकमत ही हैं कि बहुत सी ऐसी भूमिगत विदेशी ताकतें और देश हैं, जो वैश्विक राजनीति के परिप्रेक्ष्य में भारत का विकास सहन नहीं कर पाते हैं। ऐसी विदेशी शक्तियाँ भारत में छुपे अवसरों को और उसकी अंतर्निहित प्राणशक्ति का तेज जानती हैं; उन्हें पता है कि यदि एक बार भारतवर्ष को कोई जाग्रत्, चैतन्य, प्रेरक और प्रज्ञावान नेतृत्व मिल गया तो भारत के विकास को रोक पाना असंभव होगा! इस तथ्य में छिपी चेतावनी से हमारा देश-समाज भली-भाँति परिचित था, और यदि लोकसभा के बहुमत में जरा सी भी कमी-बेशी हुई होती तो भाजपा नीत एन.डी.ए. को अल्पमत और विकलांग सरकार बनाने के लिए ये विदेशी ताकतें एकजुट होकर चुनौती प्रस्तुत कर देतीं। यदि कहीं लोकसभा में संख्या का गणित जरा भी गड़बड़ाया तो देशी-विदेशी राजनीतिक और व्यावसायिक शक्तियाँ नरेंद्र मोदी को प्रधानमंत्री बनने से रोकने के लिए जो धन बहातीं, उसकी कल्पना करना भी मुश्किल होता। लोकतंत्र के चीरहरण और हत्याएँ इस देश में पहले भी होती रही हैं, हमने सत्ता मोह का नग्न

नृत्य इस देश में कई बार देखा है। विदेशी ताकतों और भारत में कमजोर केंद्रीय नेतृत्व का स्वप्न देखनेवाली शक्तियों ने प्राण पण से प्रण कर रखा था और वे जान लगा देतीं, यदि नरेंद्र मोदी को और एन.डी.ए. को स्पष्ट न मिलता तो! ये शक्तियाँ देश की बहुत जयाओं, द्रमुकों, ममताओं, नीतिशों, शरदों, मुलायमों आदि न जाने कितने ही सत्ता लोलुपों के सुर में अपना छद्म यक्षगान देश को सुनने को मजबूर कर देती! यह मानना होगा कि गत वर्ष इस देश की आम जनता और इस देश का कण-कण यह कामना कर रहा था कि केंद्र में एकमत और स्पष्ट बहुमत वाली सरकार राज-काज सँभाले। गत चुनावों में भारतीय मतदाताओं ने केवल मतदान ही नहीं किया था बल्कि अपने-अपने आराध्य के समक्ष राष्ट्र आराधना का यह गीत गाकर भक्ति भी की थी कि नवनिर्वाचित सांसदों की प्रज्ञा, संज्ञा, विज्ञा जाग्रत् और चैतन्य हो तथा इन सांसदों की प्राणशक्ति पर स्वयं सरस्वती विराजे और इन्हें एक राष्ट्र हितैषी निर्णय लेने हेतु प्रेरित एवं संकल्पित करे। गत एक चौथाई शताब्दी की राजनैतिक अस्थिरता ने भारतीय मतदाता की मंशा, वाचा-कर्मणा को जाग्रत् कर दिया था।

नमो ने जब स्वयं के प्रधानमंत्रित्व के लिए मतदान का आग्रह देश की जनता से किया था, तब सीमापार आतंकवाद, अंतरराष्ट्रीय अपराध और नशीले पदार्थों की तस्करी, रुपए की सतत गिरावट, भ्रष्टाचार सीमाओं पर छाया असुरक्षा का वातावरण, सैन्य बलों के स्वाभिमान और आत्मविश्वास में कमी सहित भारत के सामने रक्षा क्षेत्र की गंभीर चुनौतियों की चर्चा उनके हल के साथ की थी। चुनाव अभियान के अपने भाषणों में नमो छोटी-छोटी से लेकर बड़ी-बड़ी योजनाओं और विषयों की चर्चा आम जनता से सीधे करते थे। वे जनता को गहराई से हर विषय में बताते थे। अन्य चुनौतियाँ, जैसे समुद्री और साइबर-आकाशीय चुनौतियाँ और समीपवर्ती भू-सामरिक चुनौतियाँ आदि को जन-विषय बनाया जा रहा था। नमो के चुनाव अभियान में इस बात की ध्वनि भी सतत रहती थी कि भारत का सामरिक मोर्चा जो कि दायरा अदन की खाड़ी से आगे बढ़कर मलाक्का जलडमरूमध्य तक फैल चुका है और चुनौतियाँ केवल बाह्य ही नहीं बल्कि आंतरिक क्षेत्रों में बहुतायत से फैल गए विदेशी घुसपैठियों के कारण द्विगुणित हो गई हैं। नमो अपने चुनावी भाषणों में जनता के समक्ष इस

पूरे संदर्भ में यह चर्चा भी विस्तार से करते थे कि पाकिस्तान, चीन, अमेरिका आदि कई देशों के मंसूबे भारत के विषय में क्या हैं। नमो के भाषणों में जो एक विशेष और नए प्रकार का पुट रहता था कि वे राष्ट्र के संदर्भ में तरह-तरह की आशंकाएँ जाग्रत् कर देश की जनता में भय का भाव जाग्रत् नहीं कर रहे थे, बल्कि इसके ठीक विपरीत जाकर वे जनता में एक आत्मविश्वास का भाव जाग्रत् कर लेने में सफल हो रहे थे। 'मैं हूँ न' के भाव को वे भारत के ग्राम-ग्राम और चप्पे-चप्पे में फैला देने में सफल हो गए थे।

विदेशी शक्तियाँ जानती हैं कि हमारे नागरिकों की मानव श्रम क्षमता असीमित है, किंतु उसके पोषण एवं देख-रेख के लिए भारत में सस्ती स्वास्थ्य सेवा, बेहतर शिक्षा, बेहतर रोजगार, भरोसेमंद संरचना और विश्वस्त नागरिक संस्थानों का अभाव है। हर साल हमारी श्रमशक्ति में एक करोड़ से अधिक लोगों का इजाफा होता है, यह तथ्य विश्व की सैन्य और बाजारू शक्तियों को भारत के विरुद्ध खड़े रहने और उसके शोषण युक्त वातावरण को बनाए रखने के लिए प्रेरित करता है। नए रोजगार अवसर पैदा करने के लिए यह जरूरी है कि हम अपनी विकास दर को कम-से-कम 8 प्रतिशत प्रतिवर्ष करें, जो कि आज के नैराश्य भरे वातावरण में असंभव या बड़ा कठिन लगने लगा है। उस समय और आज भी ये विदेशी ताकतें जानती थीं कि भारत की घरेलू बचत का ग्राफ सतत नीचे आ रहा है और निवेश भी कम से कमतर होता जा रहा है। उस समय के कठिनतम समय में जबकि इन चुनौतियों का सामना करने के लिए एकजुटता, कौशल, प्रशिक्षण, सिद्धांत, रणनीतियों, सहमति से निर्णय लेने की समेकित संरचना और एक संकल्पित नेतृत्व तथा प्रधानमंत्री की आवश्यकता थी, और देश की जनता को नमो यह बात समझाने में भली-भाँति सफल हो रहे थे। इस सबके प्रभाव में और पिछली सरकारों की प्रेतच्छायाओं के भय में ठेठ भारतीय अपनी प्राणशक्ति से भारत की अगली सरकार के सुगठित, सुमंत्रशाली, शुभकारी और समृद्धशाली होने की कामना कर रहा था।

□

16 मई का वह परिणाम व परिवर्तनकारी दिन

16 मई, 2014 को जब पूरा देश व्याकुल होकर उत्सुकता, उत्कंठा और अनिश्चय के झंझावात से जूझ रहा था, तब उस 16 मई की सुबह से लेकर दुपहर तक इस पूरे झंझावात और उत्कंठा के नायक नमो अपने कक्ष में ध्यानस्थ होकर बैठे हुए थे। जब पूरे देश के टेलीविजन और अन्य संचार माध्यम अपनी फ्रीक्वेंसी के चरम पर थे, तब नमो न तो टी.वी. देख रहे थे और न ही अन्य किसी इलेक्ट्रॉनिक गजेट के साथ थे। न तो नमो किसी को फोन कर रहे थे और न ही किसी का फोन सुन रहे थे, वस्तुतः उस दिन वे दोपहर तक बिना फोन के ही रहे थे और संभवतः ध्यानस्थ होकर राष्ट्र आराधना का कोई नया मंत्र गढ़ रहे थे।

इस दिन दोपहर तक यह स्पष्ट हो गया था कि अकेली भाजपा ही पूर्ण बहुमत के साथ केंद्र में सरकार बना लेगी। इस दिन की रात्रि से पूर्व पूरा देश यह जान चुका था कि भाजपा 273 सांसदों के जादुई आँकड़े को पार कर 282 सांसदों की विजय के साथ अकेले ही स्पष्ट बहुमत प्राप्त कर चुकी है और भाजपानीत राजग ने 336 सांसदों के साथ केंद्र में सुदृढ सरकार के गठन की ओर ऐतिहासिक कदम बढ़ा दिया है।

□

नमो के शपथ-ग्रहण में दिल्ली बनी एशियाई आशा केंद्र

भाजपा के स्पष्ट बहुमत प्राप्त करने के बाद राजग ने नमो के नेतृत्व में दिल्ली में सरकार बनाने की औपचारिकताएँ पूर्ण करने के बाद राष्ट्रपति भवन के खुले प्रांगण में शपथ कार्यक्रम की तैयारियाँ प्रारंभ कर दीं। इस शपथ-ग्रहण कार्यक्रम में नमो और भाजपा ने अपनी आगामी सरकार का वह स्वरूप देश के सामने रख दिया, वह सर्वथा अभिनव, अनूठा होने के साथ अनपेक्षित स्वरूप को लिये हुए भी था। अनपेक्षित इस आशय में कि इस शपथ-ग्रहण समारोह में सार्क देशों के सभी सदस्यों को आमंत्रित किया गया था। यह शपथ लेने के साथ ही वैश्विक और विशेषत: एशियाई राजनय को एक नई दिशा में बहा लेने का शक्तिशाली, प्रभावी किंतु सदाशयी प्रयास था। सार्क देशों अर्थात् अफगानिस्तान, बांग्लादेश, भूटान, मालदीव, मॉरीशस, नेपाल, पाकिस्तान। उल्लेखनीय यह रहा कि तनिक ना-नुकुर के साथ पाकिस्तान ने भी ससंकोच भारतीय प्रधानमंत्री के रूप में नरेंद्र मोदी के शपथ-ग्रहण के आमंत्रण को स्वीकार किया। सार्क के सभी सदस्य राष्ट्रों के राष्ट्राध्यक्ष इस आयोजन में सम्मिलित हुए। बांग्लादेश की प्रधानमंत्री शेख हसीना जापान यात्रा पर होने के कारण भारत नहीं आ सकी, किंतु उनके स्थान पर प्रतिनिधि रूप में बांग्लादेश की संसद् की अध्यक्षा शीरिन शर्मिन चौधरी ने निमंत्रण स्वीकार किया। अफगानिस्तान के हामिद करज़ई, भूटान के प्रधानमंत्री शेरिंग तोबगे, मालदीव के राष्ट्रपति अब्दुल्ला यामीन अब्दुल्ला गयूम, मॉरीशस के प्रधानमंत्री

नवीनचंद्र रामगुलाम, नेपाल के प्रधानमंत्री सुशील कोइराला के साथ पाकिस्तान नवाज शरीफ इस कार्यक्रम में मर्यादापूर्वक सम्मिलित हुए। ये सभी राष्ट्राध्यक्ष न केवल शपथ-ग्रहण समारोह में सम्मिलित हुए बल्कि उसके पश्चात् भारतीय इनकी नव-नियुक्त भारतीय प्रधानमंत्री नमो से अलग अलग बैठकें भी संपन्न हुई, जिसमें सभी विषयों पर चर्चा और भविष्य की योजनाओं को केंद्रित कर इन सभी अपने-अपने औपचारिक वक्तव्य भी जारी किए। नमो संभवत: विश्व के प्रथम ऐसे प्रधानमंत्री होंगे, जिन्होंने शपथ ग्रहण करनेवाले दिन ही इतने राष्ट्राध्यक्षों से व्यवस्थित तौर पर विभिन्न विषयों पर औपचारिक चर्चा की।

पाकिस्तानी प्रधानमंत्री नवाज शरीफ को निमंत्रण भेजने से लेकर उसे स्वीकार होने तक तो जैसे विश्व भर का ध्यान दिल्ली, इस्लामाबाद पर ही केंद्रित हो गया था। तरह-तरह की अटकलें लगाई जाने लगी थीं। एकबारगी तो दिल्ली में ऐसा वातावरण बन गया था कि नवाज शरीफ नहीं आएँगे, किंतु इन कानाफूसियों पर 24 मई, 2014 को विराम लग गया था, जब नवाज शरीफ के आने की स्वीकारोक्ति मिल गई। नरेंद्र मोदी की इस अभिनव किंतु दुस्साहसी पहल की भारत और पाकिस्तान भर में प्रशंसा तथा आलोचना दोनों ही हुईं! दोनों ही देशों में आमंत्रण दिए जाने और स्वीकार किए जाने को लेकर प्रमुख राजनीतिज्ञों और राजनयिकों द्वारा मुखर बयानबाजी, विश्लेषण और इतिहास की राख में चिनगारियाँ तलाशने का काम हुआ। किंतु इस पूरे घटनाक्रम का अंततोगत्वा पटाक्षेप सकारात्मक रहा और स्वतंत्रता के बाद परस्पर दोनों देशों के प्रधानमंत्री एक-दूसरे के राष्ट्र में शपथ ग्रहण समारोह में सम्मिलित हुए। पाकिस्तान ने अपने प्रधानमंत्री नवाज शरीफ के नरेंद्र मोदी के शपथग्रहण समारोह के लिए नई दिल्ली पहुँचने से एक दिन पहले सद्भावना का परिचय देते हुए 151 भारतीय मछुआरों को रिहा कर दिया। दोनों प्रधानमंत्रियों ने एक-दूसरे के परिवारजनों को वस्त्र भेंट कर भारत-पाक राजनय को एक नए सुखद कोण में ढालने का प्रयास भी किया।

श्रीलंका के राष्ट्रपति महिंद्रा राजपक्षे को निमंत्रण देना भी तमिलनाडु में आलोचना का बिंदु बना था। तमिलनाडु के दोनों प्रमुख राजनैतिक दल, आल इंडिया अन्ना द्रविड़ मुनेत्र कड़गम और मरूमलार्ची द्रविड़ मुनेत्र कझगम यानि ए.डी.एम.के और ए.आई.ए.डी.एम.के. दोनों ने श्रीलंकाई राष्ट्रपति को आमंत्रित

किए जाने की आलोचना की। तमिल संगठनों ने दिल्ली में राजपक्षे के विरोध में प्रदर्शन भी किए। यहाँ मनमोहन सिंह के प्रधानमंत्री काल के दस वर्षों का उल्लेख आवश्यक हो जाता है। देश में संभवत: पहली बार लगातार दस वर्षों तक ऐसा वातावरण रहा कि श्रीलंका के विषय में राजनय, आने-जाने, व्यापार करने से लेकर कोई भी निर्णय दिल्ली के विदेश मंत्रालय में होते थे किंतु दिल्ली से श्रीलंका के बीच तमिलनाडु में जाकर ये निर्णय बदल जाते थे। श्रीलंका के संबंध में कोई भी नीति इन दस वर्षों में दिल्ली में नहीं बल्कि चेन्नई में तय होती थी। कुछ अवसरों पर तो अंतरराष्ट्रीय बैठकों में तत्कालीन प्रधानमंत्री मनमोहन सिंह के कोलंबो पहुँचने के तय कार्यक्रमों को पलट दिया गया। किंतु अब दिल्ली के नए समीकरणों में चेन्नई की नहीं सूना जाना तय हो गया था। तमिलनाडु की 39 में से 37 लोकसभा सीटें जीतनेवाली जयललिता के राजनैतिक सहयोग का मूल्य यद्यपि नमो समझ रहे थे किंतु उन्होंने अपने स्वभाव के अनुरूप ही कार्य किया और अपने इस निर्णय पर किसी भी विरोध और व्यक्तित्व का प्रभाव नहीं पड़ने दिया। दिल्ली-कोलंबो के बीच इस नए कलयुगी रामसेतु से दोनों ही देशों में सकारात्मक वातावरण बन जाने की नींव पड़ी। चीन की कोलंबो में बढ़ती रुचि, विनिवेश और हस्तक्षेप के सतत विकसित होते मंच को ढहाने की ओर नमो ने अपने इस एक आमंत्रण मात्र से आधा मार्ग तय कर लिया था। तटीय राज्यों के कई कैदी मछुआरों को श्रीलंका नें नमो की शपथ के पूर्व ही रिहा करके अपनी ओर से इस सकारात्मक पहल का हार्दिक स्वागत किया था।

कुल जमा यह कि नमो ने अपने प्रधानमंत्री पद की शपथ कार्यक्रम में ही अपने तेवर प्रदर्शित किए और सद्भावना का सागर भी लहराया। लगा कि नमो ने अपने इस नूतन किंतु दुस्साहसी प्रयोग से एक नई बिसात बिछा दी है, जिस पर वे बैठकर आगामी प्रधानमंत्रित्व काल तक गोटियाँ खेलते रहेंगे। इन सबके मध्य जो सबसे महत्त्वपूर्ण बात थी वह यह थी कि चुनाव परिणाम आने के बाद संसदीय दल का नेता चुने जाने के तीव्र जद्दोजहद भरे घटनाक्रम के बीच पाकिस्तान से लेकर श्रीलंका तक के राष्ट्र प्रमुखों को आमंत्रित करने के निर्णय लेने की तत्परता और सक्षमता! एकबारगी तो ऐसा लगता था जैसे नमो के मन में पटकथा लिखी हुई थी और उस पटकथा का सहज पठन-पाठन भर कर रहे थे।

□

संघ प्रचारक का प्रधानमंत्री बनना और प्रणाम कर संसद् की प्राण प्रतिष्ठा करना

'नमो-नमो करना स्वयंसेवक का काम नहीं है।'

परम पूज्य सरसंघचालक, मोहनरावजी भागवत

नरेंद्र दामोदर दास मोदी के प्रधानमंत्री बनने की संभावनाएँ तो गुजरात विधानसभा चुनाव 2012 के बाद यानि लगभग दो वर्षों पूर्व ही जन्म लेकर बलवती होने लगी थीं। नरेंद्र भाई मोदी के प्रधानमंत्री बनने की चर्चा अवश्य ही सतह पर थी किंतु सतह के नीचे कहीं कुछ था, जिससे कि इस व्यक्ति के प्रधानमंत्री बनने के नाममात्र से कुछ लोगों के पेट में मरोड़, नीचे में पेचिश, दिमाग में तपिश और हृदय में साँप लोटने लगते थे। वस्तुतः नरेंद्र मोदी का संघ का प्रचारक रहना इन विरोधियों के कष्टों का मूल कारण था। देश में आर.एस.एस. के विरोधियों ने जिस प्रकार संघ के विरुद्ध योजनाबद्ध होकर सतत-निरंतर एक भ्रामक वातावरण निर्मित किया था, उससे ही नमो के नाम को लेकर हंगामा बरपने लगता था। संघ के वे राजनैतिक विरोधी, जिन्होंने संघ का तनिक सा भी अध्ययन किया हो, वे भयभीत रहते और जानते थे कि संघ के अंदरूनी ढाँचे से विधिवत् घोषित प्रचारक का व्यक्तित्व कैसा होता है? वे यह भी जानते थे कि यदि एक प्रचारक को भाजपा का शीर्ष पुरुष बनाया गया तो भाजपा पवित्रीकरण और लक्ष्य के प्रति समर्पण की पराकाष्ठा पर पहुँचेगी और तब एक प्रचारक की भाजपा को परास्त करना दुष्कर ही नहीं बल्कि असंभव भी होगा! संघ विरोधी यह भी जानते थे कि आर.एस.एस. का राष्ट्रवादी विचार यदि इस देश

के नागरिकों में व्याप्त होने लगा तो वह एक सुनामी बनकर इस देश से छद्म धर्मनिरपेक्षता, स्वार्थपरक राजनीति, परिवारवाद, भ्रष्टाचार आदि अनेक दोषों और दोषियों को निर्ममता से बहा ले जाएगा! और ऐसा हुआ भी। एक प्रचारक आवश्यक रूप से स्वयंसेवक होता है और विरोधी यह जानते हैं कि स्वयंसेवक होने का नशा ऐसा सिर चढ़कर बोलता है कि प्रधानमंत्री रहते हुए अटलबिहारी वाजपेयी ने अमेरिका के स्टेटिन आयलैंड में भाषण देते हुए कहा था कि मैं पहले स्वयंसेवक हूँ और फिर भारत का गौरवशाली प्रधानमंत्री। वस्तुतः एक स्वयंसेवक में यह भाव उस प्रार्थना से आ जाता है, जिसे वह प्रतिदिन शाखा में सस्वर पाठ करता है और जो 'नमस्ते सदा वत्सले मातृभूमे' से प्रारंभ होकर 'समर्था भवत्वाशिषा ते भृशम्' पर भारत माता की जय के साथ समाप्त होती है।

एक प्रचारक का आचरण कैसा होता है, संसद् भवन में प्रवेश के प्रथम दिन इस आचरण का अल्प परिचय देखकर पूरा देश गद्गद, अभिभूत, भावुक और प्रसन्न हो गया। जब एक प्रचारक रहे व्यक्ति नरेंद्र मोदी ने संसद् में प्रवेश के समय संसद् की पेड़ी को माथा टेककर प्रवेश किया, तब लगा कि सात दशकों बाद इस भवन में प्राण–प्रतिष्ठा होने जा रही है। यही वह प्राणशक्ति होगी, जिससे देश में आमूल–चूल परिवर्तन होगा। इस देश के सामने संघ प्रचारक रहे नरेंद्र मोदी का परिचय संसद् में प्रथम दिवस उनके बरबस ही छलक आए आसुँओं से ही हो जाता है और इन अभूतपूर्व वाक्यांशों से भी, जो उन्होंने प्रथम दिन संसद् के केंद्रीय कक्ष में कहे। देश का बिगड़ा मूड ठीक होने लगा और आशा का संचार होने लगा, जब देश के प्रधानमंत्री ने कोयल के नम्र स्वर में यह भीष्म वचन कहे कि देशवासियो! निराशा छोड़ दीजिए, कि आप एक कदम चलें यह देश सवा सौ करोड़ कदम चलेगा, कि मैं परिश्रम की पराकाष्ठा कर दूँगा, कि भाजपा मेरी माँ है, कि मेरी सरकार सभी की सरकार है और सभी राजनैतिक दलों का मुझ पर अधिकार है, कि इस देश में जो भी अच्छा हुआ है, उस अच्छे को करनेवाले बधाई के पात्र हैं। भला इस देश की राजनीति में ऐसे वाक्य और ऐसा आचरण एक प्रचारक को छोड़कर और कौन प्रस्तुत कर सकता था!

एक सामाजिक, सांस्कृतिक संगठन के रूप में विगत नब्बे वर्षों से राष्ट्र में जाग्रत्, चैतन्य और ज्योतिर्मय भूमिका निर्वहन करनेवाले इस संगठन को

समझ पाना भी टेड़ी खीर ही है। संघ कब, क्या, क्यों, कैसे, कहाँ, कितना बोलेगा, दिखेगा और करेगा, यह एक अबूझ पहेली ही है। किंतु यह एक सुखद तथ्य है कि सामान्य नागरिकों के लिए संघ अबूझ पहेली तो हो सकता है किंतु रहस्यमय नहीं हैं, संघ अपने स्वाभाविक या यों कहें सरल, सहज, सुबोध रूप में अपने कार्यों से समाज में व्याप्त रहता है। आज संघ समाज-शक्ति और अपने इन प्रचारकों के दम पर ही अपने लगभग एक सैकड़ा समवैचारिक संगठनों और सहस्त्रों प्रकल्पों और आयामों के दम पर समाज के हर क्षेत्र में अपने संगठन और विचार को एक शलाका के रूप में आकार दे चुका है। जो राष्ट्रीय सेवक संघ को जानते हैं, संभव है कि वे प्रचारकत्व को थोड़ा बहुत समझते हों, किंतु जिनका संघ से अल्प परिचय या अपरिचय है, उनके मन में कौतूहल और जिज्ञासा रहती है कि आखिर यह संघ का प्रचारक होता क्या है? आज जब इस देश के सर्वोच्च विधायी पद पर संघ का एक प्रचारक विराजमान हो गया है तब स्वाभाविक ही है कि देश में आर.एस.एस. के प्राणतत्त्व यानि प्रचारक की अवधारणा को लोग समझें और जानें। मोटे तौर पर कहा जा सकता है कि संघ का प्रचारक वह स्वयंसेवक होता है, जो अपना सामान्यत: अपनी नई आयु के समय में ही अपने परिवार को छोड़कर संगठन को कुछ वर्ष या जीवन दान कर संघ कार्य को ही अपना लक्ष्य और संघ आज्ञा को ही अपनी नियति तथा सीमा मान लेता है। प्रचारक होने के बहुत से सांगठनिक और तकनीकी पक्ष भी होते हैं, जैसे समाज में ही भोजन ग्रहण करना इत्यादि, जिनका यहाँ उल्लेख अनावश्यक है।

संघ उसके स्वयंसेवक और उसके प्रचारक इन्हें समझ पाने और इनकी थाह लेने के प्रयास पिछले माह ही धराशायी हो गए थे, जब सरसंघचालक मोहनरावजी भागवत ने गत लोकसभा चुनाव अभियान के चरम में और सर्वाधिक संवेदनशील दौर में यह कह दिया था कि संघ के कार्यकर्ता भाजपा का कार्य करते हुए अपनी मर्यादा में रहें। स्वयंसेवक अपने सांस्कृतिक और सामाजिक यज्ञ में संलग्न रहें, नमो-नमो करना एक स्वयंसेवक का काम नहीं है। जब संघ के सर्वोच्च नेता ने यह कहा था तब पूरा राजनैतिक जगत् मुँह खोले अवाक् रह गया था, क्योंकि सभी जानते थे कि प्रधानमंत्री के प्रत्याशी के रूप

में नरेंद्र मोदी संघ की पहली पसंद और प्राथमिकता में हैं। संघ और भाजपा की दृष्टि से सर्वाधिक महत्त्वपूर्ण और महत्त्वाकांक्षी हो गए लोकसभा चुनाव के चरम समय पर सरसंघचालकजी का ऐसी बात कह देना, यह दर्शाता है कि केंद्र की सत्ता और प्रधानमंत्री का पद भी वह तत्त्व नहीं है, जिसके लिए संघ अपनी सांगठनिक और चारित्रिक विशेषताओं को त्याग दे। संघ ऐसा ही है। सबकुछ करते हुए कुछ न करना, संलिप्तता में सराबोर रहकर निर्लिप्त रहना, सर्वव्याप्त रहकर अज्ञात रहना, सस्वर सर्वस्व का गीत गाते हुए संन्यासियों की भाँति चुप्पी लगाए रहना, ये सब संघ के ऐसे गुण हैं, जो नरेंद्र मोदी ने एक स्वयंसेवक और प्रचारक रहते हुए आत्मसात् किए हैं; और यही नमो की वह पूँजी है, जो उन्हें अपने अन्य राजनैतिक प्रतिद्वंद्वियों से आगे ले जाती हुई शीर्ष पर बैठा चुकी है। संघ के भगवा ध्वज के गुरुत्व से प्राप्त इस पूँजी के कारण ही विरोधी उनसे घबराते और धराशायी होते हैं।

एक बार भाषण देते हुए तत्कालीन सरसंघचालक और गुरुजी के नाम से विख्यात माधव सदाशिव गोलवलकर ने 16 मार्च, 1954 को कहा था। संघ और स्वयंसेवक को परिभाषित करते हुए कहा था—'अगर हम यह मानते हैं कि हम किसी संगठन के सदस्य हैं और हम उसके अनुशासन को स्वीकार करते हैं, तब हम अपने जीवन का रास्ता चुनने के अधिकार को समर्पित कर देते हैं। हमें वही करना है, जो हमसे कहा जाए। अगर कबड्डी खेलने को कहा जाए तो कबड्डी खेलो, अगर बैठक करने को कहा जाए तो बैठक करो। हमारे कुछ साथियों से राजनीति के क्षेत्र में काम करने के लिए कहा गया है। इसका अर्थ यह नहीं है कि उन्हें राजनीति में कोई रुचि है। अगर उन्हें आज राजनीति से बाहर आने को कहा जाए तो भी कोई आपत्ति नहीं होगी। उनकी मरजी का कोई महत्त्व ही नहीं है।'' *(श्रीगुरुजी समग्र दर्शन, खंड 3, पृष्ठ 32)* किंतु पाठकों को स्मरण रखना होगा कि संघ पूज्य गुरुजी के इस कथन के जो शाब्दिक अर्थ हैं, वह अर्थ सांघिक नहीं है, यहाँ भी गोलवलकरजी की इस भाषा का ध्वन्यात्मक अर्थ एक स्वयंसेवक ही समझ सकता है, कोई अन्य नहीं।

□

अपनी संवैधानिक सीमाओं, औकातों को भूल गए अब्दुल्ला

देश की नवनिर्वाचित सरकार के प्रधानमंत्री कार्यालय में पदस्थ राज्य मंत्री और कश्मीर के संवेदनशील क्षेत्र ऊधमपुर से सांसद बने जितेंद्र सिंह ने कहा कि कश्मीर में लागू धारा 370 के विषय में देशभर में चर्चा और बहस की आवश्यकता है और इसे हटाए जाने या पूर्ववत् रहने देने के विषय में देश में व्यापक वायुमंडल तैयार होना चाहिए; इस पर जम्मू-कश्मीर के मुख्यमंत्री उमर अब्दुल्ला ने ट्वीट कर कहा —

"मेरे शब्द याद रखें और यह ट्वीट सेव करके रख लें। जब मोदी सरकार सुदूर अतीत में जा चुकी होगी, तब भी या तो धारा 370 बनी रहेगी या फिर जम्मू-कश्मीर भारत का हिस्सा नहीं रह जाएगा। धारा 370 जम्मू-कश्मीर और भारत के बीच इकलौता सूत्र है। इसे हटाने की बात गैर-जिम्मेदाराना है।"

कश्मीर के महाराजा हरिसिंह ने 26 अक्तूबर, 1947 को अपने राज्य की 36315 वर्ग कि.मी. भूमि का विलय भारतीय गणराज्य में किया था, किंतु आज इस राज्य के पास मात्र 2600 वर्ग कि.मी. भूमि ही क्यों बची है? ऐसे सैकड़ों प्रश्नों के आलोक में और इस पूरे प्रकरण में ये आठ प्रश्न हैं, जो देश भर के मानस में आएँगे या आने चाहिए और इनके उत्तर देशवासी स्वयं ही खोजें, यही श्रेयस्कर होगा—

1. दोनों नेताओं ने जो कहा, उससे क्या हमारे संविधान की कोई धारा प्रत्यक्ष तौर पर या संविधान की आत्मा अप्रत्यक्ष तौर पर आहत होती है?

2. किस नेता के वक्तव्य से देश की अखंडता और संप्रभुता को चुनौती मिली है?
3. जितेंद्र सिंह और उमर अब्दुल्ला में से किसका अब तक कश्मीर के विषय में जहरीले बयान देने का ट्रेक रिकार्ड है?
4. कौन सा नेता अपने व्यक्तव्य पर टिका हुआ है? (यहाँ कश्मीर के स्थानिक और देश के केंद्रीय मंत्री जितेंद्र सिंह कमजोर न पड़ें यह शुभेक्षा)
5. कांग्रेस के अधिकृत प्रवक्ता ने इस प्रकरण में जो शब्द कहे हैं, उनसे देश और सविंधान की आत्मा, राष्ट्रीय एकता, सांघिक ढाँचे, जनभावनाओं, नए जनादेश और लोकतांत्रिक वातावरण का कितना अनादर हुआ है?
6. आखिर धारा 370 पर बहस में अब्दुल्ला वंश का या उसके साथ आशिकी कर रही कांग्रेस का क्या जाता है? सर्वविदित है कि अलगाववादी नहीं चाहते कि देश में 370 पर चर्चा का वातावरण बने तो यक्षप्रश्न है कि क्या कांग्रेस, अब्दुल्ला वंश और अलगाववादियों की भावनाएँ एक मंच पर आ गई हैं?
7. इस विवाद में अपना अधिकृत बयान जारी कर चुकी कांग्रेस भी क्या उमर अब्दुल्ला के इस कथन को स्वीकारती है कि कश्मीर और शेष भारत के बीच धारा 370 ही एकमात्र संबंध है?
8. क्या कश्मीर और उसके सुदूर आगे तक के भूभाग से जम्मू द्वीप और भारत का समृद्ध तथा तथ्यों से अटूट भरा पड़ा सांस्कृतिक, सामाजिक, भौगोलिक, आर्थिक, नागरिक और राष्ट्रीय इतिहास कांग्रेस और अब्दुल्ला की नेशनल कॉन्फ्रेंस विस्मृत कर गई है या यह कोई षड्यंत्र है?

इस देश के नागरिक के नाते और इस विस्तृत नोट के लेखक के रूप में मेरे लिए जो आहत होने का विषय है, वह है जितेंद्र सिंह का अपने बयान से बचते फिरना। यद्यपि आर.एस.एस. की प्रथम पंक्ति की ओर से उमर अब्दुल्ला की सख्त लानत–मलामत कर दी गई है और संघ की इस अभिव्यक्ति और नसीहत में संपूर्ण देश का स्वर समावेशित समझा जाना चाहिए कि कश्मीर को उमर अब्दुल्ला अपनी बपौती न समझें! तथापि जितेंद्र सिंह को एक मंत्री होने के अतिरिक्त

ऊधमपुर, कश्मीर के स्थानीय नागरिक होने के नाते 56 इंच के सीने का निस्संकोच प्रदर्शन कर देना चाहिए था। और जो कहा, उस पर मीडिया में विस्तृत दृष्टिकोण के साथ और अधिक मुखर होना चाहिए था। जी हाँ, जो जनादेश मिला है, वह यही कहता है। आखिर जितेंद्र सिंह ने जो कहा, वह हाल ही में संपन्न चुनावी सभा में नरेंद्र मोदी द्वारा दिसंबर 2013 में दिए गए भाषण का ही शब्दश: अंश है! और प्रधानमंत्री बने नरेंद्र मोदी ने तब जो कहा, वह भी कुछ नया नहीं था, वह वर्षों से भाजपा और संघ की भावनाओं का शब्दानुवाद ही तो था! और जितेंद्र सिंह ने जो कहा, वह ही तो गत माह हुए निर्वाचन में भाजपा के घोषणा-पत्र में भी लिखा हुआ है। देशवासियों और मुझे स्मरण है कि चुनाव अभियान के दौरान इस उमर अब्दुल्ला के अब्बा फारूख अब्दुल्ला ने अलोकतांत्रिक चुनौती देते हुए कहा था कि नरेंद्र मोदी दस बार प्रधानमंत्री बन जाएँ तो भी कश्मीर से धारा 370 नहीं हटा सकते! फिर इसी दौरान उमर अब्दुल्ला ने कहा था कि नरेंद्र मोदी प्रधानमंत्री बने तो वे पाकिस्तान चले जाएँगे! यह भाषा और ये शब्द जहर नहीं तो और क्या हैं? कश्मीर में कांग्रेस के समर्थन से सरकार चला रहे विषैले अब्दुल्ला वंश के सामने इस देश के सबसे पुराने किंतु जर्जर हो गए राजनैतिक दल कांग्रेस को साँप क्यों सूँघ जाता है? अब्दुल्ला और गांधियों के बीच क्या दुरभि-संधियाँ पनप रही है? पूरा देश देखेगा कि यह प्रश्न ही आनेवाले समय में कांग्रेस के अस्तित्व को समाप्त कर देनेवाला सिद्ध होगा! कांग्रेस को इस देश की लोकतांत्रिक पूँजी मानते हुए मैं उसके उँगलियों पर गिने जा सकने वाले चैतन्य और प्रज्ञा-संज्ञा वान कुछ नेताओं को यह परामर्श देना चाहता हूँ कि ऐसे अनेकों काले पन्नों की किताब को साथ लेकर चल रहे अब्दुल्ला वंश के साथ कांग्रेस भारत के पवित्र संविधान को लेकर न चले, यही उचित होगा! मैं राजनीति में शून्य की इकाई से कुछ ही ऊपर हूँ, किंतु चुनौती देता हूँ कि यदि कांग्रेस का नेतृत्व कश्मीर के विषय में इस छद्म अलगाववादी और इतिहास के दोषी अब्दुल्ला वंश के साथ खड़ा रहा तो कांग्रेस का विघटन हो जाएगा।

धारा 370 के अस्थायी होने के तथ्य की संवैधानिक संस्थापना, पंडित नेहरू की इस धारा के अस्थायी होने की स्वीकारोक्ति को भूलने की और धारा 370 के मर्म को न समझ पाने के दर्द को सहते रहने की आदत छोड़ने के युग में प्रवेश

करते हुए हम भारतीय कुछ अधिक नहीं बल्कि पिछले एक वर्ष 2013 की घटनाओं का ही यदि विश्लेषण करें तो पाएँगे कि इस शांत घाटी में युवकों की मानसिकता को जहरीला किसना बनाया? किसने इनके हाथों में पुस्तकों की जगह अत्याधुनिक हथियार दिए हैं? किसने इस घाटी को अशांति और संघर्ष के अनहद तूफान में ठेल दिया है? इस क्रम में हम यह पाएँगे कि कश्मीर घाटी से बेदर्दी से खदेड़े गए कश्मीरी पंडितों के प्रश्नों पर चुप्पी साधे रहे विषैले अब्दुल्ला वंश ने कश्मीर के संदर्भ में कम-से-कम छह बार देश के संघीय ढाँचे और आत्मा को अपनी मुखरता से चोटिल किया है। चीन अलगाववादियों को बढ़ावा देते हुए कश्मीर के युवकों को भारतीय दूतावास द्वारा जारी दस्तावेज पर नहीं बल्कि एक अन्य प्रकार के स्थानीय कागज के आधार पर वीजा आदि सुविधाएँ देने जैसे सैकड़ों राष्ट्र विरोधी मुद्दों से मुँह छुपाते रहे उमर अब्दुल्ला ने गत दिनों विदेश राजदूतों के एक मंडल के सामने कश्मीर के भारत विलय को अपूर्ण बताया था। उन्होंने नवाज शरीफ और भारत के प्रधानमंत्री की न्यूयॉर्क में हुई भेंट के समय अलगाववादी बयान दिए थे, उन्होंने उस समय दुर्भावना व्यक्त की थी, जब पाकिस्तान ने अचानक अमेरिका से कश्मीर मामले में मध्यस्थता की माँग की थी।

आज जबकि भारत के स्पष्ट जनादेश धारी नए प्रधानमंत्री ने नवाज शरीफ को भारत बुलाकर अपने गुगली दाँव में फँसा लिया था, तब यह सही अवसर है कि पूरे देश में धारा 370 पर बहस हो और देश का विपक्ष रचनात्मक भूमिका निभाते हुए कश्मीर से कन्याकुमारी की संवैधानिक भावना को आत्मसात् करे। उमर अब्दुल्ला को भी चाहिए कि वे कश्मीर के हित को अपने सत्ता-मोह से ऊपर उठकर देखें और यह विचार करें कि कश्मीर को पाकिस्तान से कितने अनगिनत घाव मिले हैं। पाकिस्तानी धन, बल और मदद से कश्मीर में विध्वंस कर रहे अलगाववादी संगठन अहले हदीस के हुर्रियत और आई.एस.आई. से संबंध तथा इसकी 600 मसजिदों और 120 मदरसों से पूरी घाटी में अलगाव फैलाने जैसे सैकड़ों अन्य तथ्यों को उमर और पूरा देश पूर्व से ही जानता है किंतु अब जो नया है, वह यह कि हम इस दर्द से छुटकारा पाने और कुनैन पीने की मानसिकता में आते जा रहे हैं।

□

जून 2014

भूटान—विश्वगुरु के लक्ष्य में प्रथम यात्रा

जून में नमो ने भारत को विश्वगुरु के आसन पर आरूढ़ करने के लक्ष्य के साथ भूटान यात्रा की। यह भूटान यात्रा वस्तुतः नमो के जंबू द्वीप और अखंड भारत की अवधारणा के दर्शन और स्थापना के स्वप्न की उद्घाटन यात्रा थी।

चीन ने बढ़ाई नमो की चिंता

चीन में आयोजित पंचशील सिद्धांत की षष्ठी पूर्ति पर आयोजित कार्यक्रम में भारतीय उप राष्ट्रपति हामिद अंसारी सम्मिलित होने पहुँचे थे। इस कार्यक्रम चीन जिस भाषा में संकेत दिए वह नमो और भारत की चिंता बढ़ाने का एक बड़ा कारक था।

हिंदी मुद्दा : दक्षिणी राज्यों के दबाव में

अंतरराष्ट्रीय मंचो पर हिंदी के प्रतिष्ठा को स्थापित करने का आचरण प्रस्तुत कर रहे नमो को दक्षिणी राज्यों खास तौर से तमिलनाडु के दबाव में, केंद्रीय मंत्रालयों में हिंदी के कामकाज को आवश्यक बनाने के निर्णय की समीक्षा करनी पड़ी।

भूटान—विश्वगुरु के लक्ष्य में प्रथम यात्रा

प्रधानमंत्री बनते ही नमो ने अपने विदेश दौरों की योजना को जिस प्रकार भूटान देश की यात्रा से प्रारंभ किया वह एक साथ अनेक संदेशों को देनेवाला था। नमो की शपथ ग्रहण के दौरान आए सभी राष्ट्राध्यक्षों ने अपने-अपने देशों में आने का सहज निमंत्रण भारतीय प्रधानमंत्री को दिया था, किंतु नमो ने सर्वप्रथम भूटान जैसे छोटे से देश से अपनी विदेश यात्राओं के अभियान को प्रारंभ कर देश और विश्व समुदाय के नेताओं को अचंभित कर दिया था। पिछले वर्ष भर में हुई नमो की समस्त विदेश यात्राओं के संदर्भ में चर्चा करें तो यह स्पष्ट देखने में आता है कि नमो के मष्तिष्क में भारत को विश्वगुरु बनाने का संघ प्रदत्त स्वप्न अपने पूर्ण रूप में विकसित है। उनके पास इस विश्वगुरु के लक्ष्य पर कार्य करने का रोडमेप पूर्व से ही तैयार था। इस पूर्व रचित रोडमेप का ही परिणाम था कि नमो ने अपने प्रधानमंत्री पद के शपथ मंच को एक वैश्विक मंच बना दिया था।

भूटान प्रवास को इतनी प्राथमिकता देने के संबंध में नमो ने कहा, दोनों देशों के बीच अनूठे और खास संबंधों के कारण मेरे पहले विदेशी दौरे के लिए भूटान एक स्वाभाविक पसंद था।

भारतीय प्रधानमंत्री के रूप में नमो ने भूटान प्रवास के महत्त्व को स्पष्ट करते हुए कहा—'आम हितों और साझी खुशहाली से बँधे, भारत और भूटान का एक अनूठा और खास रिश्ता है, जो भूगोल, इतिहास और संस्कृति के बंधनों द्वारा रचित है। इसलिए प्रधानमंत्री के तौर पर मेरे पहले विदेशी दौरे की

मंजिल के रूप में भूटान एक स्वाभाविक पसंद है।'

भूटान भारत का स्वाभाविक और पुराना मित्र राष्ट्र रहा है। जंबू द्वीप के काल से लेकर आधुनिक इतिहास तक कभी भी भारत-भूटान परस्पर हितों में बाधक नहीं बने हैं। हिमालय की विरासत, समान सांस्कृतिक मूल्य, धार्मिक पृष्ठभूमि आदि तत्त्व भूटान को सदैव भारत से जोड़े रखते हैं। अपने इस दो-दिवसीय भूटान प्रवास में नमो ताशिछोद्‌जोंग में नरेश जिग्मे खैसर नामग्येल वांगचुक और रानी जेटसन पेमा, प्रधानमंत्री श्री शेरिंग तोबगे से मिले। नमो ने भारत-भूटान के पूर्व संबंधों के परिप्रेक्ष्य में ही भूटान के आर्थिक, सैन्य, सांस्कृतिक और सामाजिक वातावरण में पूर्ण सहयोग का वचन दिया। नमो ने भूटान के विकास कार्यों में अपना सतत् सहयोग जारी रखने की भारत की प्रतिबद्धता भी व्यक्त की। 15-16 जून, 2014 को संपन्न नमो की इस भूटान यात्रा से दोनों देशों के मध्य पूर्व से ही जाग्रत् संबंध जैसे चैतन्य हो उठे! यात्रा के अंत में, भूटान की शांति, खुशहाली और प्रगति की शुभकामना करते हुए श्री मोदी ने कहा, 'भारत भूटान की तरक्की और खुशी से जुड़ा हुआ है और हमेशा जुड़ा रहेगा। ये दोनों देश एक-दूसरे के लिए बने हैं। हमारे पासपोर्ट्स के रंग अलग-अलग हो सकते हैं, लेकिन हमारी संस्कृति और मूल्य समान रहेंगे।' नमो का स्वागत करते हुए भूटान के प्रधानमंत्री श्री श्रिंग टॉग्बे ने कहा, 'वे बहुत ही स्नेहशील व्यक्ति, उनको काफी ज्ञान है और वे भूटान के हितैषी हैं। वे हमारे नरेशों को बहुत आदर की नजर से देखते हैं। वे भारत-भूटान संबंधों के विवरणों को अच्छी तरह जानते हैं, इससे उद्‌देश्य एवं आशा की भावना जागती है।' उन्होंने ट्वीट करके भी कहा, भूटान का दौरा सफल रहा, हमारे संरक्षक देवताओ; हमारे नरेशों के नेतृत्व; हमारी जनता के सौभाग्य को धन्यवाद।

भूटान ने भारतीय प्रधानमंत्री नमो के स्वागत में एक अनूठा अवसर निर्मित किया और भूटान की संसद् का संयुक्त सत्र बुलवाकर नमो से इस सत्र को संबोधित करवाया। नमो के इस संबोधन भाषण को भूटान के राजनीतिज्ञों और नागरिकों ने हृदय से सुना और दश भर में इसकी सुखद और उत्साहजनक प्रतिक्रया देखने को मिली। नमो ने भूटान में 600 मेगावाट की क्षमता के खोलोन्चु हाइड्रोपॉवर परियोजना की नींव भी रखी। इस अवसर पर नमो ने कहा, हर

हाल में जीत दिलानेवाला सहकार्य और समूचे क्षेत्र के लिए एक आदर्श है। साथ ही इस अवसर पर दोनों देशों ने हाइड्रोपॉवर सहकार्य में 10,000 मेगावॉट का लक्ष्य हासिल करने का लक्ष्य निर्धारित किया।

भारतीय प्रधानमंत्री नमो ने दूध पाउडर, गेहूँ, खाद्य तेल, अनाज और गैर-बासमती चावल के निर्यात पर लगी पाबंदी से भूटान को छूट सहित अनेक राहतों और रियायतों की घोषणा की। दोनों देशों के मध्य मुक्त व्यापार, व्यापार के आकार विस्तार, भारतीय उत्तर-पूर्वी राज्यों के साथ वार्षिक खेल उत्सव करने, भूटान के छात्रों को भारत में शिक्षा हेतु दी जानेवाली छात्रवृत्ति की राशि दोगुनी करने, बीस लाख पुस्तकों की डिजिटल लाइब्रेरी स्थापित करने में सहयोग आदि जैसे कई प्रतिबद्ध कार्यक्रमों और लक्ष्यों की घोषणा की।

□

चीन ने बढ़ाई नरेंद्र मोदी की चिंता

भारत-चीन संबंधों के मध्य की साठ वर्षीय महत्त्वपूर्ण कड़ी पंचशील की षष्ठी पूर्ति के अवसर पर चीन में आयोजित कार्यक्रम में, जबकि हमारे उपराष्ट्रपति हामिद अंसारी के नेतृत्व में शिष्टमंडल बीजिंग में उपस्थित है, तब चीन ने अपनी अपनी पुरानी कुटेव के अनुसार ही पुनः भारतीय सीमाओं से छेड़छाड़ कर दी। इस बार तो अवसर की शुचिता या मौके की नजाकत को न समझते हुए चीन ने हद कर दी और पंचशील समझौते की वर्षगाँठ पर पंचशील समझौते की लगभग तेरहवीं ही कर डाली! चीन ने अपना एक ताजा मानचित्र जारी कर अरुणाचल प्रदेश और जम्मू-कश्मीर के एक बड़े हिस्से को भी चीन का अंग बताया। वाशिंगटन पोस्ट में प्रकाशित चीन के इस नक्शे के साथ प्रकाशित रिपोर्ट में चीन के इस विवादित नक्शे पर दक्षेस देशों की चिंता को भी मुखरता से प्रकट किया है। यहाँ यह भी उल्लेखनीय है कि अंसारी की चीन यात्रा के दौरान ही लद्दाख में स्थित पेंगोंग झील में चीनी सेना के अतिक्रमण को भी भारतीय सेना ने विफल कर दिया है। यह नई घटना चीन के दशकों से चले आ रहे उस चीनी अभियान का ही हिस्सा है, जिसमें चीन अरुणाचल प्रदेश के 90 हजार वर्ग किलोमीटर और जम्मू-कश्मीर के अक्साई चिन के 32 हजार वर्ग किलोमीटर इलाके पर अपना दावा ठोकता रहा है।

पिछले एक दशक में जबकि भारत में मनमोहन के नेतृत्व में एक अल्पमत और अनिर्णय के रोग की शिकार सरकार शासन कर रही थी, तब चीन का यह कुत्सित अभियान कुछ अधिक ही चला। यह एक चौंकानेवाला किंतु दुःखद

सत्य है कि पिछले छह दशकों में से पिछला मनमोहन के नेतृत्ववाला एक दशक ऐसा रहा, जबकि चीन ने सर्वाधिक अवसरों पर भारतीय सीमा का अतिक्रमण किया और भारतीय सेना के साथ मोर्चों पर आमने-सामने की मुद्रा में आया तथा उस पर तुर्रा यह रहा कि पिछले एक दशक में ही भारत-चीन की सर्वाधिक राजनयिक चर्चाएँ भी हुईं! यह घोर आश्चर्य का ही विषय है कि स्वयं तत्कालीन प्रधानमंत्री मनमोहन सिंह चीन के साथ इस एक दशक में पंद्रह बार राजनयिक चर्चाएँ कर चुके हैं, और प्रत्येक चर्चा के बाद सप्रंग सरकार के विदेश मंत्रालय ने इन चर्चाओं को सार्थक और उत्पादक भी बताया था! कहना न होगा कि चीन ने भारत में कमजोर प्रधानमंत्री होने का एक अवसर देखा और 'विवाद उपजाओ, चर्चा करो पर सामनेवाले को बोलने मत दो और फिर कब्जा कर लो' का अभियान ही चला दिया था! किंतु अब जबकि भारत में नरेंद्र मोदी के नेतृत्व में एक बलशाली, निर्णायक और जनप्रिय सरकार शासन कर रही, तब चीन द्वारा ऐसा करना उसके भारत के प्रति पिछले एक दशक बढ़ गए दुस्साहस का ही परिणाम है; जिसका उत्तर नरेंद्र मोदी की सीमाओं के प्रति सचेत सरकार को त्वरित ही देना चाहिए। यदि नरेंद्र मोदी सरकार ने इस अवसर पर अपनी सीमाओं और चीन द्वारा कब्जाई गई हजारों वर्ग किमी. भूमि के प्रति अपनी प्रतिबद्धता और दक्षिण एशियाई के प्रति अपनी चिंताओं को प्रकट नहीं किया गया तो चीन इस वर्ष 2014 को भी पिछले दस वर्षों की श्रृंखला का ग्यारहवाँ वर्ष भर मानेगा। अपने षड्यंत्र और कब्जे के अभियान के साथ दक्षिण एशिया में दबाव की राजनीति निर्मित करने के अभियान को भी चलाते हुए नमो के राष्ट्रवाद और भारत की खोई भूमि से प्रेम और वचनबद्धता को खारिज कर देगा। यद्यपि दस वर्षों की अल्पमतवाली सप्रंग सरकार ने चीन-मोर्चे पर अपने लचर रवैये के कारण नरेंद्र मोदी के नेतृत्ववाली एन.डी.ए. सरकार को बहुत सी चिंताओं और सिरदर्द की विरासत दे दी है, जिनसे निपटने के लिए नमो को अंतरराष्ट्रीय मोर्चों पर बेहद सावधानी भरी तैयारी और घरेलू मोर्चे पर अत्यधिक आत्मविश्वासी वातावरण उत्पन्न करना होगा, तथापि नमो की परिश्रम की पराकाष्ठा कर देने के वचन से यह अपेक्षित ही है। पिछले एक दशक से चले इस चीनी अभियान में जो चिंताएँ उभरी हैं, उनमें एक यह भी है कि चीन भारत

और पाक संबंधों के तनाव का भी लाभ लेना चाहता है, अतः उसने पाक कब्जेवाले कश्मीरी इलाके पर चीन द्वारा एक नई रेल लाइन बिछाने और सड़क मार्ग तैयार करने की योजना पर अमल शुरू कर दिया है, जो भारत के लिए चिंता की नई बात है। कश्मीर के इस क्षेत्र से चीन अपने शिनच्यांग प्रांत को कराची बंदरगाह से जोड़ने की नई महत्त्वाकांक्षी योजना पर भी काम कर रहा है।

नमो को विरासत में यह चिंता भी मिली है कि दुनिया की सबसे ऊँची हवाई पट्टी दौलत बेग ओल्डी जो कि पिछले कुछ सालों में तैयार की गई भारतीय वायुसेना की तीन एडवांस लैंडिंग ग्राउंडों में से एक है और जिसे वास्तविक नियंत्रण रेखा के निकट 16,200 फीट की ऊँचाई पर वर्ष 1962 में भारत-चीन युद्ध के समय हमारी जाँबाज सेना ने बड़ी मेहनत और खून-पसीने की कुर्बानी देकर बनाया था—पर चीन गिद्ध दृष्टि से देख रहा है। अब इस हवाई पट्टी के करीब चीनी सेना की मौजूदगी सैन्य और सामरिक दृष्टि से बड़ी चुनौती और खतरा बन गई है और यह स्थिति सदा के लिए हमारी सेनाओं के लिए स्थायी सिरदर्द बनी हुई है। सप्रंग सरकार नमो के लिए यह सिरदर्द भी छोड़ गई है, जिसमें पाकिस्तान के ग्वादर बंदरगाह में चीनी निवेश, ब्रह्मपुत्र नदी पर बाँध का निर्माण और पाकिस्तान की चशमा विद्युत् परियोजना में चीनी परमाणु रियक्टर का निर्माण, ऐसे विषय हैं जो इतिहास की दृष्टि से अपेक्षाकृत नए हैं और चीन इन वैदेशिक व राजनयिक मोर्चों पर सफलता के माध्यम से इनमें हावी होता जा रहा है। पिछले एक दशक में भारत इस तथ्य को वैश्विक मंच पर स्थापित करने में दुःखद रूप से विफल रहा कि भारत-चीन सीमा-विवाद 4,000 किलोमीटर इलाके में फैला है, जबकि चीन का दावा है कि इसके तहत अरुणाचल प्रदेश का 2,000 किलोमीटर क्षेत्र आता है, जिसे चीन दक्षिणी तिब्बत कहता है। ब्रह्मपुत्र नदी के दशकों पुराने जलविवाद के चलते रहने के साथ एक नई चिंता पिछले दशक में भारत के लिए यह भी उभरी है कि चीन ब्रह्मपुत्र के बहाव में रेडियोधर्मी कचरा निरंतर न केवल स्वयं डाल रहा है बल्कि अन्य देशों का परमाणु कचरा भी वह पैसे लेकर ब्रह्मपुत्र में डलवा देता है।

पिछले वर्ष भारत के दबने और चीन के हावी होने का यह दुस्साहस और अधिक क्रूरता की सीमा लाँघ गया, जब गत वर्ष चीनी सेना द्वारा धृष्टता और

दुष्टता-पूर्वक भारतीय भूभाग पर 19 कि.मी. तक घुसकर कब्जा कर लिया था और आश्चर्यजनक ढंग से भारतीय प्रधानमंत्री मनमोहन सिंह ने इसे वैश्विक मंचों पर इस समस्या को स्थानीय और सीमित समस्या का दर्जा देकर जग हँसाई कराई थी।

यह बड़ा ही आश्चर्यजनक तथ्य है कि व्यापारिक मोर्चे पर हमें चीन की नहीं बल्कि चीन के विशाल उत्पादन तंत्र को भारत के व्यापक बाजार की आवश्यकता है। एक बड़े व्यापारिक घाटे के व्यापार संतुलन के साथ हम 50 अरब डालर का सामान खरीदने और मात्र 20 अरब डालर के सामान को बेचने के संतुलनवाले ड्रेगन व्यापारी की मजबूरियों का सामान्य ज्ञान भर से हो जानेवाला लाभ भी हम अब तक कभी नहीं उठा पाए हैं। गत वर्ष बर्मा में आयोजित ब्रिकी सम्मेलन में जब मनमोहन सिंह ने सभी पुराने चले आ रहे विवादों को छोड़कर चीन के साथ नए संबंधों और विषयों पर बातचीत करना स्वीकार कर ऐतिहासिक त्रुटि कर ली थी, जिसका अब भारत को भारी मूल्य चुकाना होगा। तब बर्मा में भला मनमोहन सिंह को अरुणाचल, कश्मीर, ग्वादर, तिब्बत, 4,000 कि.मी. के सीमा विवाद, हिंद महासागर में चीनी अतिक्रमण, दक्षिण एशिया के भारतीय पड़ोसियों पर बढ़ते चीनी दबाव, कश्मीरी युवाओं को भारतीय दस्तावेजों के स्थान पर अलग स्थानीय कागजों के आधार पर चीनी वीजा देना, ब्रह्मपुत्र पर अनधिकृत बाँध निर्माण और उसका मार्ग बदलना आदि-आदि जैसी घटनाओं को विस्मृत करने की क्या आवश्यकता थी, यह समझ से परे है।

अब नरेंद्र मोदी सरकार को विरासत में मिले सप्रंग सरकार के उस निर्णय की भी समीक्षा करनी होगी, जिसमें तत्कालीन प्रधानमंत्री मनमोहन सिंह ने अपनी चीन यात्रा के दौरान आत्मघाती भूल करते हुए भारत में एक चाइनीज औद्योगिक परिसर बनाने का निर्णय लिया था, जिसमें केवल चीनी उद्योग ही लगेंगे और उन्हें बहुत सी अतिरिक्त छूटें और रियायतें प्रदान की जाएँगी। इस तथ्य के आलोक में यह और अधिक महत्त्वपूर्ण हो जाता है कि पहले ही चीन द्वारा अपना सस्ता और घटिया माल भारतीय बाजार में झोंक देने से भारतीय उद्योग को भारी नुकसान हो रहा है। भारत और नेपाल व्यापार समझौते का चीन अनुचित लाभ उठा रहा है।

भारत–चीन के मध्य आर्थिक, सामरिक, सांस्कृतिक और सैन्य मोर्चों पर कई ऐसे तथ्य हैं जो कि भारतीय दृष्टि से गहरी चिंता के हो गए हैं। अब देखना है कि पिछली सरकार की भूलों और त्रुटियों को नरेंद्र मोदी अपनी संकल्पशीलता और स्वप्नदर्शी दृष्टिकोण के साथ किस प्रकार बहुप्रतीक्षित सफलता प्राप्त करते हैं। इतिहास तो यही बताता है कि चीन ने नेहरू से लेकर मनमोहन तक, भारत के साथ केवल धोखे ही किए हैं। अब नरेंद्र मोदी के साथ वे किस प्रकार प्रस्तुत होते हैं, यह देखना है।

□

हिंदी मुद्दा : दक्षिणी राज्यों के दबाव में

नमो ने प्रधानमंत्री बनते ही जब कहा कि वे विदेश यात्राओं के दौरान और अन्य राजनयिक अवसरों पर वैश्विक नेताओं से हिंदी में ही बात करेंगे तो देश में हिंदी को लेकर गौरव भाव और प्रतिष्ठित हो चला था। किंतु उनके इस वक्तव्य के तुरंत बाद ही केंद्रीय गृह मंत्रालय ने जब द्रविड़ नेताओं के अनावश्यक और लचर दबाव में आते हुए हिंदी को लेकर जारी आदेशों में सुरक्षात्मक भूमिका अपनाई तो देश भर में व्याप्त हिंदी के शुभचिंतकों को चिंता हो गई थी। स्वतंत्रता संघर्ष के दौरान ही समस्त देशभक्तों ने औपनिवेशिक आचरण से मुक्ति पाने हेतु अंग्रेजी से मुक्ति और हिंदी को भारतीय भाषाओं की माँ का स्थान देने के भाव को भारतीय भाषा विधान का स्थायी भाव मान लिया था और लाख विरोध करने पर भी इस बात पर अटल भी रहे थे। किंतु अब हिंदी को लेकर बड़ा ही तदर्थवादी आचरण होने लगा है। इस क्रम में देखें तो भारतीय गणतंत्र में तमिलनाडु की फिल्मी प्रकार की राजनीति, जो देश को विभिन्न मोर्चों पर विचित्रता की सीमा तक जाकर छकाती और सताती रही है, वह तमिल जनता के भाव को समझे बिना ही सदा हिंदी विरोध को अपना हथियार बनाए रहती है। बहुत से राष्ट्रीय विषयों में हम तमिल राजनीति के विभिन्न नौटंकी रूप देखते चले आए हैं, यहाँ तक कि वैदेशिक मामलों में भी श्रीलंका को लेकर तमिल के स्थानीय वोटों की राजनीति के कारण हम वैश्विक मोर्चों पर दाएँ-बाएँ देखने को मजबूर होते रहे हैं।

तमिल में हिंदी को लेकर दशकों पूर्व से एक प्रकार का पूर्वग्रह और वितंडा

खड़ा किया जाता रहा है। यहाँ हिंदी विरोध के आधार पर कई राजनेताओं ने छद्म स्थानीयवाद खड़ा किया और भोली-भाली तमिल जनता को भाषा के नाम पर भड़काकर अपनी राजनैतिक रोटियाँ सेंकी हैं। हिंदी को लेकर इस प्रकार के प्रपंची आचरण की दोषी तमिल की दोनों प्रमुख पार्टियाँ रही हैं। कटु सत्य है कि तमिलनाडु के दोनों प्रमुख दलों ने हिंदी विरोध को मात्र इसलिए अपना हथियार बनाया कि कहीं दूसरा दल भाषावाद के इस हथियार से अपनी लाइन लंबी न खींच दे! प्रधानमंत्री नमो ने जब गृह मंत्रालय में हिंदी में कामकाज बढ़ाने का आदेश दिया तो मात्र कुछ तमिल नेताओं ने इसका विरोध किया था, और अलगाव के बेसुरे गीत गाने के लिए सिद्ध हो चुके उमर अब्दुल्ला ने भी इस सुर में अपना सुर मिला दिया था। तमिल मुख्यमंत्री जयललिता ने कहा कि सोशल मीडिया पर आधिकारिक संवाद की भाषा हिंदी की बजाय अंग्रेजी ही होनी चाहिए। फिर सदा की तरह भेड़चाल चलते हुए पी.एम.के. के रामदास ने भी गृह मंत्रालय के इस आदेश के विरोध में अपना व्यक्तव्य जारी कर दिया। इसके बाद जो हुआ, वह दुखद भी था और नरेंद्र मोदी की छवि और उन्हें मिले जनादेश की भावना के विपरीत भी; हुआ यह कि इस पर मचे अनावश्यक और शुद्ध सियासती प्रकार के वितंडे तथा प्रपंच से केंद्र सरकार अपने आदेश से पीछे हट गई! तमिलनाडु या दक्षिण के किसी अन्य प्रांत में सामान्य जनता के बीच से किसी भी प्रकार के विरोध के स्वर या प्रतिक्रया उपजे बिना ही केंद्र सरकार ने अपने आदेश में सुधार करते हुए पुनः कहा कि सिर्फ हिंदी बोलनेवाले प्रदेशों में ही सोशल मीडिया पर हिंदी में कामकाज होगा। यद्यपि इस आदेश से भी हिंदी को पर्याप्त आधार और संबल मिलेगा तथापि नमो का इस प्रकार एक मुख्यमंत्री के दबाव में आ जाना और आदेश से पीछे हट जाना अशुभ और अनपेक्षित ही था।

दक्षिण भारत के केरल में मलयालम, कर्नाटक में कन्नड़, आंध्र में तेलुगु और तमिलनाडु तथा पुदुच्चेरी में तमिल अधिक प्रचलित भाषाएँ हैं। ये चारों द्रविड़ परिवार की भाषाएँ मानी जाती हैं। स्वतंत्रता के पश्चात् इन राज्यों में हिंदी बोले-सुने जाने का अभाव ही होता था, तब इन राज्यों के नेता हिंदी के विरोध में जन-आंदोलन करने और जनता को भड़काने में सफल हो जाते थे, किंतु वर्तमान में जिस प्रकार दक्षिण में हिंदी को रोजगारमूलक भाषा मानकर इसके प्रति आकर्षण

बढ़ रहा है, तब हिंदी विरोध को लेकर इन जयललिताओं और करुणानिधियों द्वारा किसी जन-आंदोलन को खड़ा कर पाना असंभव ही है। इन नेताओं को इस तथ्य को समझना चाहिए कि उनके राज्यों की जनता हिंदी सीखकर या मात्र बोलने-सुनने भर की क्षमता विकसित करके यदि अपनी व्यावसायिक निपुणता या पेशेवर दक्षता बढ़ा पाती है तो इसमें दोष क्या है? वोटों की खातिर क्षुद्र राजनीति करनेवाले इन हिंदी विरोधी नेताओं को समझना चाहिए कि दक्षिण भारत का शेष भारत की संस्कृति और भाषा के प्रति अपना आदरभाव का और विनम्र अनुगामी भाव का अपना गरिमामय तथा आदरणीय इतिहास रहा है। उत्तर भारत के तीर्थों के प्रति अपने पूज्य भाव के कारण यहाँ का सनातनी और हिंदू समाज हिंदी भाषा सीखने व माता-पिता के गंगा स्नान करा लेने को सदा उत्सुक रहा है!

हिंदी सीख लेने की रुचि के आधार पर ही 1918 में मद्रास में हिंदी प्रचार आंदोलन प्रारंभ हुआ था और इसी वर्ष में स्थापित हिंदी साहित्य सम्मेलन मद्रास कार्यालय आगे चलकर 'दक्षिण भारत हिंदी प्रचार सभा' के रूप में स्थापित हुआ। बाद में तमिल और अन्य दक्षिणी राज्यों की जनता की भावनाओं का आदर करते हुए ही इस संस्था को राष्ट्रीय महत्त्व की संस्था घोषित किया गया। वर्तमान में इस संस्थान के चारों दक्षिणी राज्यों में प्रतिष्ठित शोध संस्थान हैं, और बड़ी संख्या में दक्षिण भारतीय इस संस्थान से हिंदी में दक्षता प्राप्त कर हिंदी की प्राणपण से सेवा कर रहे हैं। हिंदी के प्रसार और प्रतिष्ठा में संलिप्त हजारों दक्षिण भारतीय बंधु न मात्र हिंदी से अपने रोजगार के अवसरों को स्वर्णिम बना रहे हैं अपितु दक्षिण में हिंदी प्रचार के क्रम में ऐसी कई प्रतिष्ठित संस्थाओं को भी स्थापित करते रहे हैं। इसी क्रम में केरल में 1934 में केरल हिंदी प्रचार सभा, 1935 में आंध्र में हिंदी प्रचार सभा, 1939 में हैदराबाद और कर्नाटक में कर्नाटक हिंदी प्रचार समिति, 1943 में मैसूर हिंदी प्रचार परिषद् तथा 1953 में कर्नाटक महिला हिंदी सेवा समिति की स्थापना हुई। इन संस्थानों में लाखों छात्र हिंदी की परीक्षाओं में सम्मिलित व उत्तीर्ण होते हैं। तमिलनाडु में तथाकथित और पूर्वग्रही विरोध के कारण भले ही शासकीय शिक्षण संस्थानों में हिंदी की उपेक्षा हो रही हो, किंतु कई निजी संस्थानों में हिंदी की पढ़ाई जारी है, और इनकी परीक्षाओं में छात्रों की संख्या लाखों में रहती है। आज तमिलनाडु में हिंदी को रोजगार का

स्वर्णिम सोपान मानने के कारण ही गली-गली में हिंदी स्पीकिंग कोर्स के बोर्ड दिखते हैं। जनसामान्य में असंतोष है कि निजी विद्यालयों में पढ़नेवाले बच्चे तो हिंदी पढ़कर अपनी रोजगार की संभावनाएँ प्रबल कर लेते हैं, किंतु शासकीय विद्यालयों के विद्यार्थी हिंदी में पीछे रह जाते हैं। दक्षिणी राज्यों में हिंदी को आजीविका का साधन विकसित करने का एक प्रबल माध्यम मानने का ही परिणाम है कि यहाँ कई सेवाभावी संस्थाएँ निःशुल्क हिंदी कक्षाओं का संचालन, लेखन, प्रकाशन, पत्रकारिता, गोष्ठियों का आयोजन निरंतर कराती रहती हैं।

मुंबइया हिंदी फिल्मों और हिंदी गीतों की लोकप्रियता के कारण भी हिंदी अब दक्षिणी राज्यों में एक सहज सामान्य रूप से बोली-सुनी जाने लगी है। आज हैदराबाद, बंगलुरु तथा चेन्नई नगरों से दसियों बड़े और कई छोटे हिंदी समाचार-पत्र प्रकाशित हो रहे हैं। यहाँ यह कतई न समझा जाए कि दक्षिण भारत में हिंदी का चलन कुछ दशकों की देन है! दक्षिण के सभी राज्यों में हिंदी का अपना दीर्घ और समृद्ध इतिहास रहा है, दो सौ वर्ष पूर्व भी केरल में स्वाति तिरुनाल के नाम से सुविख्यात तिरुवितांकूर राजवंश के राजा राम वर्मा (1813-1846) ने हिंदी की कालजयी कृतियाँ रची थीं, जो वहाँ के जनजीवन में अब भी परंपरागत रूप से आदरपूर्वक बोली-सुनी जाती हैं। दशकों पूर्व से कोचीन से मलयालम मनोरमा की ओर से 'युगप्रभात' नाम के अत्यंत लोकप्रिय साप्ताहिक हिंदी पत्र और हिंदी विद्यापीठ (केरल) से 'संग्रथन' मासिक पत्रिका और कर्नाटक महिला हिंदी सेवा समिति की ओर से 'हिंदी प्रचारवाणी' का प्रकाशन हो रहा है। हिंदी समर्थक पहल को वापस लेने के स्थान पर आज अधिक आवश्यक हो गया है कि दक्षिण के जनसामान्य की भावनाओं को न समझनेवाले और अनावश्यक हिंदी विरोध की राजनीति करनेवालों के प्रति कठोर रुख अपनाया जाए और असंतोष उपजा रहे ऐसे दक्षिणी नेताओं पर कठोरता से अंकुश भी लगाया जाए।

□

जुलाई 2014

ब्रिक्स में नमो का प्रभावी प्रदर्शन

जुलाई माह में प्रधानमंत्री नमो का ब्रिक्स सम्मेलन में प्रभावी, संवेदनशील व सर्वे भवन्तु सुखिनः के भाव से किया गया प्रदर्शन इस माह की प्रमख घटना रही।

फ्रांसिस डिसूजा की क्षमा–हिंदू राष्ट्र मुद्दे के वध-उत्सव का दुष्प्रयास

गोवा के भाजपाई उप मुख्यमंत्री फ्रांसिस डिसूजा के इस वक्तव्य पर कि मैं एक हिंदू इसाई हूँ, पर अनावश्यक, निरर्थक और दिशाहीन विवाद चला, जिसका पटाक्षेप फ्रांसिस की क्षमा के साथ हुआ, जो कि हिंदुत्व की दृष्टि से अशुभ रहा

यदि सप्रंग शासन में वर्षा सवा माह देर से होती···
तो मंत्री बयान देकर महँगाई का बवंडर ले आते

भारतीय की जीवन दायिनी रेखा मानसून के आनें में लगभग डेढ़ माह का विलंब हुआ, किंतु इस मध्य देश भर के बाजारों में इस समाचार की अफवाहों से फैलनेवाली अव्यवस्था के पिछले कटु अनुभावों के विपरीत देश में चिंता, किंतु आश्वस्ति का अपूर्व भाव भरा रहा।

ब्रिक्स में नमो का प्रभावी प्रदर्शन

नमो के प्रधानमंत्रित्व काल के पाँच सप्ताह पूर्ण होते-होते नमो की भारत विश्वगुरु की भावना बलवती रूप में प्रकट होने लगी थी। वैदेशिक विषयों में वे अत्यधिक सावधान, चैतन्य किंतु तेजस्वी प्रदर्शन कर रहे थे और प्रधानमंत्री के रूप में अपने समय-प्रबंधन को भी इसी परिप्रेक्ष्य में दिशा देते प्रतीत होते थे। यह संयोग ही था कि उनके प्रधानमंत्री बनने के दूसरे ही माह में ब्रिक्स सम्मेलन के आयोजन की वेला आ गई। छठे ब्रिक्स शिखर सम्मेलन का 15-17 जुलाई को बीच फोर्टलेजा में आयोजित किया जा रहा था। ब्रिक्स मीट विश्व की सर्वाधिक बढ़ी एवं तीव्र गति से विकास कर रही अर्थव्यवस्था वाले देशों का समूह है—ब्राजील, रूस, भारत, चीन और अफ्रिका दक्षिण सम्मिलित हैं। ब्राजील में पहली बार आयोजित हो रहे इस सम्मेलन में भारत की ओर से प्रधानमंत्री नमो, ब्राजील से राष्ट्रपति डिल्मा रॉसेफ, रूस से राष्ट्रपति व्लादिमीर पुतिन, चीन से राष्ट्रपति शी जिनपिन और दक्षिण अफ्रीका से राष्ट्रपति जैकब जुमा सम्मेलन में प्रतिनिधित्व कर रहे थे।

इस ब्रिक सम्मेलन में मोदी ने कहा, 'वैश्विक प्रगति और समृद्धि के लिए शांति और स्थिरता का वातावरण तत्काल बहाल करना आवश्यक है।' मैं एक ऐसी धरती से आया हूँ, जहाँ पूरे विश्व को अपना परिवार मानने अर्थात् वसुधैव कुटुंबकम् का विचार हमारी संस्कृति के चारित्रिक गुणों के मूल में समाया है।

'पूरे विश्व को एकजुट होकर वैश्विक चुनौतियों का निर्णायक रूप से सामना करना चाहिए।

'ब्रिक्स की भावनाओं के अनुरूप, विश्व में सुधारात्मक काररवाई वैश्विक प्रशासन की संस्थाओं में सुधार के साथ शुरू होनी चाहिए। अर्थात् आदर्शों का प्रवाह ऊपर से नीचे की ओर प्रवाहित होना चाहिए।

'संयुक्त राष्ट्र सुरक्षा परिषद् और अंतरराष्ट्रीय मुद्रा कोष जैसी संस्थाओं में तत्काल सुधार की आवश्यकता है, उनमें प्रतिनिधित्व बढ़ना चाहिए और वास्तविकताएँ प्रतिबिंबित होनी चाहिए।

'महामहिम, अफगानिस्तान से लेकर अफ्रीका तक का क्षेत्र उथल-पुथल और संघर्ष के दौर से गुजर रहा है। इससे बेहद अस्थिरता व्याप्त हो रही है, जिसका सीमाओं से पार तेजी से प्रसार हो रहा है। इसका असर हम सभी पर पड़ता है। देशों में जारी ऐसी अस्थिरता के मौन दर्शक बने रहने से गंभीर परिणाम हो सकते हैं।

'अफगानिस्तान अनिश्चित भविष्य का सामना कर रहा है। अफगान जनता दशकों से तकलीफों का सामना कर रही है। विश्व को एकजुट होकर शांतिपूर्ण, स्थिर, लोकतांत्रिक और समृद्ध देश के निर्माण में उनकी सहायता करनी चाहिए। हमें हर हाल में आतंकवाद के खिलाफ अफगानिस्तान की जंग में उसकी सहायता करनी चाहिए। पिछले दशक में उसे हासिल हुई प्रगति बरकरार रखने के लिए ऐसा करना आवश्यक है। भारत अफगानिस्तान को क्षमता निर्माण, प्रशासन, सुरक्षा और आर्थिक विकास में सहायता देना जारी रखेगा। हम इस बारे में अपने ब्रिक्स साझीदारों के साथ मिलकर काम करने के इच्छुक हैं।

'पश्चिम एशिया के हालात क्षेत्रीय और वैश्विक शांति तथा सुरक्षा के समक्ष बड़ी चुनौती पेश करते हैं। भारत इससे विशेष रूप से चिंतित है, क्योंकि इसका असर खाड़ी क्षेत्र में रहनेवाले 70 लाख भारतीय नागरिकों पर पड़ता है। हमें पता लगाना चाहिए कि ब्रिक्स सदस्य देश कैसे मिलकर इराक में संघर्ष समाप्त कराने में सहायक बन सकते हैं।

'सीरिया के हालात गंभीर चिंता का विषय बने हुए हैं। भारत लगातार सभी पक्षों से हिंसा त्यागने का आह्वान करता आया है। व्यापक समाधान के लिए व्यापक राजनीतिक संवाद के अलावा कोई और विकल्प नहीं है। सैन्य या बाहर से थोपा गया समाधान प्रभावी नहीं होगा। भारत किसी भी शांति प्रक्रिया

में भाग लेने के लिये पूरी तरह तैयार है।

भारत इजराइल और फिलिस्तीन में हाल में भड़की हिंसा से भी चिंतित है, हम बातचीत के जरिए हल निकालने के पक्ष में हैं। इससे दुनिया भर में आशा और विश्वास उत्पन्न होगा।

'भारत सुरक्षा और विकास की चुनौतियों से जूझ रहे अनेक अफ्रीकी देशों में स्थायित्व कायम करने के लिए किए जा रहे प्रयासों का भी समर्थन करता है।

'महामहिम, आतंकवाद एक ऐसा खतरा है, जो युद्ध जैसा रूप धारण कर चुका है। दरअसल, मासूम नागरिकों के खिलाफ छद्म युद्ध लड़ा जा रहा है। अलग-अलग मापदंडों की वजह से अंतरराष्ट्रीय समुदाय आतंकवाद का सामना प्रभावशाली ढंग से नहीं कर सका है।

'मुझे पक्का यकीन है कि आतंकवाद, चाहे वह किसी भी रूप या आकार में हो, मानवता के विरुद्ध है। आतंकवाद को किसी भी सूरत में बरदाश्त नहीं किया जाना चाहिए। मानवता को एकजुट होना चाहिए और आतंकवादी ताकतों, विशेषकर उन देशों को अलग-थलग कर देना चाहिए, जो बुनियादी नियमों की अवहेलना करते हैं। सिर्फ आतंकवाद पर निशाना साधने से बात नहीं बनेगी।

'ब्रिक्स को हमारे राजनीतिक संकल्प को ठोस और समन्वित कार्ययोजना में परिवर्तित करना चाहिए। मैं संयुक्त राष्ट्र द्वारा अंतरराष्ट्रीय आतंकवाद पर समग्र संधि के मसौदे को जल्द मंजूर किए जाने का आह्वान करता हूँ।

'हमें हर हाल में देशों पर सामूहिक दबाव बनाना चाहिए कि वे आतंकवादियों को पनाह और समर्थन नहीं दें।

'इसी तरह साइबर स्पेस जहाँ एक ओर बड़ा अवसर है, वहीं दूसरी ओर साइबर सुरक्षा चिंता का बहुत बड़ा विषय है। ब्रिक्स देशों को साइबर स्पेस के संरक्षण में अग्रिम भूमिका निभानी चाहिए। मुझे इस बात की खुशी है कि हम अपने राष्ट्रीय सुरक्षा सलाहकारों के माध्यम से इस संबंध में सहयोग कर रहे हैं। आखिर में, मैं कहना चाहता हूँ कि यह एक अनोखा समूह है, जिसमें विश्व में शांति और स्थिरता कायम करने में महत्त्वपूर्ण भूमिका निभाने की क्षमता है। हम सभी को इसी दिशा में ध्यान केंद्रित करते हुए आगे बढ़ना चाहिए।'

प्रधानमंत्री नमो ने रूसी राष्ट्रपति व्लादिमीर पुतिन से ब्राजील में कहा है

कि भारत रूस के साथ रक्षा, परमाणु ऊर्जा, व्यापार और निवेश सहित अपनी रणनीतिक साझेदारी को व्यापक और गहरा बनाने का इच्छुक है। इस प्रकार एक प्रभावी, सापेक्षिक और संवेदनशील संभाषण के साथ भारतीय प्रधानमंत्री नमो ने ब्रिक्स में अपनी छाप छोड़ी।

ब्राजील में आयोजित ब्रिक्स शिखर सम्मेलन से अलग मंगलवार को मोदी ने पुतिन से मुलाकात की और मित्रता निभाने और आजादी के बाद से ही भारत को आर्थिक विकास एवं सुरक्षा में उदार द्विपक्षीय एवं अंतरराष्ट्रीय समर्थन के लिए रूस की सराहना की। नमो और पुतिन के मध्य हुई इस बैठक में नमो ने इस बात पर जोर दिया कि भारत की विदेश नीति में रूस की भूमिका सदैव प्रभावी रहेगी। नमो ने रक्षा, परमाणु ऊर्जा, अंतरिक्ष, ऊर्जा, व्यापार, निवेश और जनसंपर्क के क्षेत्र में रूस के साथ रणनीतिक साझेदारी को सुदृढ विस्तार देने के लिए पुतिन के साथ एक शुभ भविष्य की ओर योजना बनाने के संकेत किए। इस वर्ष अर्थात् 2015 में अगले माह होनेवाली रूस प्रमुख पुतिन की भारत यात्रा की योजना ब्रिक्स सम्मेलन में ही बन गई थी।

ब्रिक्स सम्मेलन में प्रधान मंत्री के रूप में नमो ने जो उल्लेखनीय सफलता अर्जित की वह थी भावी ब्रिक्स विकास बैंक का प्रथम अध्यक्ष भारत से बनने की घोषणा!

इस ब्रिक्स सम्मेलन में ही प्रधानमंत्री नमो चीन के राष्ट्रपति जिनपिंग से मिले और सीमा विवाद पर उनसे दो टूक किंतु सौहार्दपूर्ण चर्चा की। जिनपिंग के साथ नमो की सीमा विवाद, एपेक शिखर सम्मेलन हेतु मिले आमंत्रण पर विचार, व्यापार संतुलन और अन्य आर्थिक विषयों पर विचार के साथ-साथ पर्यटन के विस्तार की भी योजना की आवश्यकता पर गंभीर चर्चा हुई। प्रधानमंत्री नमो ने कैलाश मानसरोवर यात्रा के लिए अतिरिक्त मार्ग की संभावना का विषय भी चीनी नेतृत्व के समक्ष स्पष्टता व प्रबलता के साथ रखा।

□

फ्रांसिस डिसूजा की क्षमा, हिंदूराष्ट्र मुद्दे के वध-उत्सव का दुष्प्रयास

दु:ख, शर्म, खेद, विडंबना और आँखें नीचे हुईं तब, जब कि गोवा के उप मुख्यमंत्री ने हिंदू राष्ट्रवाले मुद्दे पर क्षमा माँग ली और हिंदू राष्ट्र के मुद्दे का आगे बढ़ा एक कदम कई कदम पीछे आ गया। यद्यपि विचार के उन्नयन क्रम में ऐसे उतार-चढ़ाव आते रहते हैं, इसलिए इस क्रम को भी विचार के उन्नयन का ही अंश माना जाना चाहिए, तथापि स्वीकार करना ही होगा कि सदा की तरह इस देश में निरीह होते जा रहे राष्ट्रवादियों को बाहुबली राजनैतिक खूँखार किंतु निर्चैत्य,संवेदनाहीन शेरों का पुनः शिकार बनना पड़ा। यहाँ स्वीकारोक्ति देना होगी कि फ्रांसिस डिसूजा तो अपने कहे पर दृढ और टिके रहे, किंतु उनकी अपनी पार्टी ही यू-टर्न मार गई। यह भी स्वीकार करना होगा कि उन्हें इस मुद्दे पर भाजपा के समर्थन की भी आवश्यकता नहीं थी; उन्हें देश, समाज और विचार का सतत समर्थन मिल रहा था; भाजपा को केवल कुछ दिन मौन रहना था और पहले इस मुद्दे पर समाज और देश की आवाज को सामने आने देना था। फ्रांसिस डिसूजा ने जो कहा, वह चतुर्दिक् प्रभाव करनेवाला वक्तव्य था और प्रधानमंत्री नरेंद्र मोदी की पिछले वर्ष की उस स्वीकारोक्ति का विस्तार ही था कि वे एक हिंदू राष्ट्रवादी हैं। एक ईसाई हिंदू की इस युगीन स्वीकारोक्ति की भारत पूर्व से हिंदू राष्ट्र है, पर पीछे हटने के स्थान पर न्यायालय की शरण में जाना चाहिए था उन राजनैतिक दलों के विरुद्ध, जिन्होंने इस विषय पर चर्च का आह्वान करते हुए एक व्यक्ति की

धार्मिक स्वतंत्रता के मौलिक अधिकार पर हमला किया, चर्च के फादर से निवेदन करते हुए और सांप्रदायिकता फैलाई।

इस देश के एकाधिक उच्च न्यायालयों और सर्वोच्च न्यायालय से सिद्ध हो चुकी यह अवधारणा कि हिंदू एक अ-सांप्रदायिक शब्द है, के आलोक में फ्रांसिस डिसूजा की व्यक्तिगत और धार्मिक स्वतंत्रता के हनन और सांप्रदायिकता पूर्वक चर्च से राजनैतिक दलों के सार्वजनिक संवाद पर इस देश का तथाकथित बुद्धिजीवी मीडिया और उसके पूर्वग्रही एंकरों का दायित्व-बोध विलोपित क्यों हुआ? कई सवाल हैं, जो अनुत्तरित हैं और इतिहास जिनका जवाब भी माँगेगा तथा जिम्मेदारियों तथा दायित्वों पर अनावश्यक बैठे लोगों की एकाउंटिंग भी करेगा! भाजपा के टी.वी. बहसबाज भी इस बहुप्रतीक्षित, संवेदनशील, महत्त्वाकांक्षी विषय पर बिना तैयारी के आए और पूर्वग्रही टी.वी. एंकरों के शिकार हो गए। आज आवश्यक हो गया है कि देश, समाज और विचार के मुद्दों पर इन अवसरवादी राजनीतिज्ञों, पूर्वग्रही टी.वी. एंकरों और तथाकथित बुद्धिजीवियों की बात को ही नहीं बल्कि देशज, देहाती और राष्ट्रवादी स्वरों को भी मीडिया मुखर करे और स्थान दे; समय की माँग तो यही है। टी.वी. के समक्ष चार व्यक्तियों का बैठ जाना और थोथा चना बाजे घना की तर्ज पर प्रत्येक राष्ट्रवादी विचार का वध-उत्सव आयोजन बंद किया जाना चाहिए या फिर इस क्रम को कम-से-कम बहिर्मुखी होकर समाज की आवाज को सुनने और उसे मुखर करने के सामाजिक और पेशा आधारित दायित्वों को सदाशयता से निभाना चाहिए।

हुआ यह कि गोवा की भाजपा नीत सरकार के मंत्री दीपक धवलीकर ने कह दिया कि प्रधानमंत्री नरेंद्र मोदी को लोग समर्थन करेंगे तो भारत हिंदू राष्ट्र बन सकता है। इतना कहने पर जब मीडिया और विपक्षी राजनैतिक दलों ने धवलीकर को घेरना प्रारंभ किया तो उनके बचाव में गोवा के मुख्यमंत्री फ्रांसिस डिसूजा उतर आए। फ्रांसिस डिसूजा ने बेहद बौद्धिक और साहसिक वक्तव्य देकर अपनी मिट्टी का कर्ज उतारने का सराहनीय प्रयास किया कि मैं एक ईसाई हिंदू हूँ और यह राष्ट्र पहले से ही एक हिंदू राष्ट्र है। डिसूजा के इस वक्तव्य के बाद तो जैसे मीडिया, कांग्रेस और अन्य विपक्षी दलों ने तलवारें ही खींच लीं।

इस मुद्दे पर कांग्रेस सहित सभी विपक्षी नेताओं ने परंपरा से एक कदम आगे जाकर राजनीति को शर्मसार किया और बाकायदा सार्वजनिक तौर पर गोवा चर्च को परामर्श दे डाला कि चर्च डिसूजा के ईसाई हिंदू होने पर स्पष्टीकरण माँगे और उन्हें धर्म भ्रष्ट घोषित कर दे। सेकुलर तो सदा की तरह हावी होने का प्रयास करते दिखे, किंतु इस मुद्दे पर टी.वी. और अन्य बहसों-चर्चाओं में भाजपा के नेता रक्षात्मक भूमिका में आकर बैकफुट पर सरकते दिखने लगे तो आश्चर्य हुआ। शह पाकर गोवा चर्च के एक फादर ने सार्वजनिक बयान दिया कि हिंदू राष्ट्र का स्वप्न देखनेवाले इन दोनों नेताओं पर सरकार को काररवाई करनी चाहिए और इस देश से इन्हें निष्कासित कर दिया जाना चाहिए।

प्रश्न यह है कि यह हिंदू राष्ट्र की अवधारणा है क्या? इस देश के प्रधानमंत्री निर्वाचित हो चुके नरेंद्र मोदी ने पिछले वर्ष ही सार्वजनिक सभा में स्वयं को हिंदू राष्ट्रवादी घोषित किया था। नरेंद्र मोदी ने समय-समय पर उनकी स्वयं की धर्मनिरपेक्षता की परिभाषा को भी देश के सामने रखा और बताया है, उनके लिए धर्मनिरपेक्षता या किसी अन्य सिद्धांत का एक ही मतलब है—नेशन फर्स्ट 'राष्ट्र सर्वोपरि', भाजपा या आर.एस.एस. का यह हिंदू राष्ट्र का विचार कोई नया नहीं है, बल्कि पाँच हजार वर्षों के इतिहास से प्रवाहित होकर हम तक आता हुआ इस देश की मिट्टी का मूल विचार है। यह इस देश के आदर्श पुरुष स्वामी विवेकानंद के मुखारविंद से इस प्रकार उच्चरित होता हुआ भी आया है कि हिंदू होने का मुझे अभिमान है। हिंदू शब्द सुनते ही शक्ति का उत्साहवर्धक प्रवाह आपके अंदर जाग्रत् हो, तभी आप सच्चे अर्थ में हिंदू कहने लायक बनते हैं। अब इस देश ने मोदी को स्पष्ट बहुमत के साथ प्रधानमंत्री बनाकर उनकी हिंदू राष्ट्रवादी होने की स्वीकारोक्ति को प्रमाणित भी कर लोकतांत्रिक ठप्पा भी लगा दिया।

हिंदू शब्द के इस अर्थ से संभवतः सेकुलरों को उनके इस शब्द पर फैलाए वितंडावाद के अर्थ-अनर्थ समझ में आ जाएँगे। कृहिन्सायाम दुस्प्ते या सा हिंदू अर्थात् जो अपने मन वचन-कर्मणा से हिंसा से दूर रहे, वह हिंदू है। यहाँ हिंसा की परिभाषा को भी समझें—जो मनसा, वाचा, कर्मणा से अपने हितों के लिए दूसरों को कष्ट दे, वह हिंसा है। लोकमान्य तिलक ने इसी संदर्भ में कहा है—

असिन्धो सिन्धुपर्यत यस्य भारत भूमिका पितृभूपुण्यभूश्चेव स वै हिन्दू रीति स्मृतः अर्थात् जो सिंधु नदी के उद्‌गम से लेकर हिंद महासागर तक रहते हैं व इसकी संपूर्ण भूमि को अपनी मातृभूमि, पितृभूमि, पुण्यभूमि, मोक्षभूमि मानते हैं, वे हिंदू हैं। समय-समय पर इस देश की न्यायपालिका ने भी दसियों प्रकरणों में कहा है कि हिंदू सांप्रदायिक शब्द नहीं है, यह मात्र एक जीवन पद्धति है। तो क्या न्यायालय द्वारा हिंदू शब्द का समझाया गया यह अर्थ भी इस देश के तथाकथित राजनैतिक दल नहीं मानेंगे? मोदी ने स्वयं को हिंदू राष्ट्रवादी कहकर इस देश के मूल विचार को ही आगे बढ़ाया है और फ्रांसिस डिसूजा ने नरेंद्र मोदी का ही अनुसरण किया है तो इसमें गलत क्या है? और इस देश को अपनी मातृभूमि और पितृभूमि मान लेने भर की योग्यता से हिंदू हो जानेवाली अर्हता या शर्त में अनैतिक क्या है? हम क्यों फ्रांसिस डिसूजा की आलोचना होने दें या करें? पुराणों, शास्त्रों की बातों को ये तथाकथित नव बुद्धिजीवी और सेकुलर नजरअंदाज कर भी दें तो वे संयुक्त राष्ट्र संघ की इस परिभाषा से भारत के हिंदू राष्ट्र होने को विलग करके बताएँ। यू.एन.ओ. द्वारा दी गई राष्ट्र की परिभाषा इस प्रकार है, 'एक ऐसा क्षेत्र, जहाँ के अधिकांश लोग एक सामूहिक पहचान के प्रति जागरूक हों और एक सामूहिक संस्कृति साझा करते हों।' इस परिभाषा के अनुसार राष्ट्र के लिए आवश्यक घटक हैं—एक भौगोलिक क्षेत्र, जिसमें कुछ लोग रहते हों, उस क्षेत्र के (अधिकांश) निवासियों की एक साझा संस्कृति हो, उस क्षेत्र के (अधिकांश) निवासी अपनी विशिष्ट सामूहिक पहचान के प्रति जागरूक हों, और वहाँ एक पूर्ण स्वतंत्र राजनैतिक तंत्र स्थापित हो। अब ये सेकुलर बताएँ कि इस परिभाषा से फ्रांसिस डिसूजा या नरेंद्र मोदी या आर.एस.एस. के हिंदू राष्ट्र के विचार किस प्रकार भिन्न हैं?

किंतु यहाँ यक्षप्रश्न यह भी है कि परंपरागत सूडो सेकुलरों या छद्‌म धर्म निरपेक्षतावादी तो फ्रांसिस और धवलीकर के विरोध में दिखे ही, साथ ही साथ भाजपा के कुछ नेता भी इन दोनों नेताओं के बयान से कन्नी काटते दिखने लगे। भाजपा को तो प्रसन्न और गौरवान्वित होना चाहिए था कि कण्व ऋषि से लेकर दीनदयाल उपाध्याय तक के स्वप्नों को साकार करने की ओर कदम बढ़ाता उसका एक लाल फ्रांसिस डिसूजा उसके आँचल में पल रहा है! भाजपा को इस

हिंदू राष्ट्र की बहस को अविलंब, किंतु सावधानीपूर्वक योजना बनाकर राष्ट्रव्यापी आकार देना चाहिए। यदि भाजपा को कहीं असहज स्थिति का सामना करना पड़े तो अपनी मातृ संस्था आर.एस.एस. का वैचारिक और सांगठनिक अवलंबन लेकर नमो की इस स्वीकारोक्ति को राष्ट्रीय स्वीकारोक्ति में बदल देना चाहिए कि मैं एक हिंदू राष्ट्रवादी हूँ। स्मरण रहे कि इस देश में ऐसा कहने की नव-परंपरा यहीं मुरझा न जाए कि मैं एक ईसाई हिंदू हूँ। यदि नरेंद्र मोदी को इस देश की जनता से मिला स्पष्ट बहुमत का जनादेश भी भाजपा में आत्मविश्वास नहीं भर पाया तो हिंदू राष्ट्र और इस जैसे न जाने कितने ही अन्य विषय दशकों के लिए पुनः इतिहास के पन्नों में शब्द बनकर रह जाएँ।

□

यदि संप्रग शासन में वर्षा सवा माह देर से होती…तो मंत्री बयान देकर महँगाई का बवंडर ले आते

महँगाई के संदर्भ में देश ने लगभग डेढ़ माह के नरेंद्र मोदी शासन में जो बात बड़ी शिद्दत से महसूस की, वह यह कि कि देश में एन.डी.ए. का मंत्रिमंडल शासन काम नहीं कर रहा है, बल्कि एक प्रकार की सामूहिक उत्तरदायित्व की भावना काम कर रही है, जिसमे मंत्रिमंडल का प्रत्येक सदस्य व्यक्ति न होकर समूह बन गया है और समूह व्यक्ति बन गया है। इस गुरुतर भाव से चल रही दिल्ली सरकार की ही देन है कि लगभग सवा माह के वर्षा क अभाव और सूखे की आशंका के बलवती हो जाने के बाद भी देश महँगाई और सटोरियों के चंगुल में जाने से बचा हुआ है। ऐसा नहीं है कि वर्षा की कमी से केंद्र सरकार घबराई नहीं। वह घबराई भी और उसकी रातों की नींद भी उड़ी, किंतु वह गुरुतर भाव से परस्थिति-जन्य भूमिका में आ गई और इसके किसी भी मंत्री ने वर्षा, महँगाई, उत्पादन, बाजार, खाद्यान्न कमी जैसे शब्दों से व्यवस्थित दूरी बनाए रखकर क्राइसिस मैनेजमेंट के समय पर डिजास्टर मैनेजमेंट का आचरण प्रस्तुत किया। जैसा कि पूर्व में होता चला आया है, जिसके कारण इतना बड़ा देश इस समय पर महँगाई के कृत्रिम संकट से बच पाया है। निस्संदेह ऐसा इस देश में पहले नहीं होता था और संप्रग के पिछले दस वर्षों में सतत इस स्थिति के विपरीत स्थिति देखने में आती थी। हमें पिछले

दस सालों में वर्षा में होनेवाली एक-दो सप्ताह के विलंब में भी इस देश महँगाई के चक्रव्यूह में फँसकर आम आदमी को कराहते और सिसकते देखने की आदत पड़ गई थी। ऐसा नहीं है कि नरेंद्र मोदी के शासन में महँगाई नहीं हुई है। अब भी हुई है। किंतु यह महँगाई अर्थव्यवस्था के सामान्य चक्रों का स्वाभाविक परिणाम है, जबकि सप्रंग शासन में बहुधा महँगाई मंत्रियों के बयानों के कारण आती देखी गई थी।

यद्यपि 2014 में मानसून बाद के दौर में आया और उससे राहत भी मिली, किंतु तब तक फसल-चक्र का डेढ़ माह जा चुका था और इसकी बड़ी कीमत भारत के कृषि उत्पादन में कमी से हम चुका रहे हैं। पिछले कुछ वर्षों में भी बरसात में देरी हुई है किंतु लगभग सवा माह की देरी संभवत: पिछले दस वर्षों में कभी नहीं हुई। इस संपूर्ण चक्र में जो बात देखने और ध्यान देने योग्य है, वह यह कि पिछले दस वर्षों में वर्षा में दो-तीन सप्ताह की देरी से या जरा सी भी अनियमितता से संप्रग सरकार के मंत्री ऊल-जलूल और गटर-पटर बयान जारी करने लगते थे, जिससे बाजारों में महँगाई का एक सैलाब आ जाता था, जिससे आम जनता त्रस्त हो जाती थी। भले ही मंत्रियों के वक्तव्यों से उत्पन्न हुई यह महँगाई अस्थायी होती थी किंतु इस अल्पकाल और अस्थायी महँगाई के दौर में ही देश की माध्यम और गरीब वर्ग जनता अपनी गाँठ से हजारों करोड़ रुपए खो बैठती थी और वायदा व्यापारियों के साथ बड़े-बड़े उद्योगपतियों की तिजोरियों में रुपए की बाढ़ आ जाती थी। संप्रग सरकार के दस वर्षों में प्रतिवर्ष चला यह खेल बड़ा ही क्रूर और निर्मम था किंतु देखने में आया कि मौसम विभाग का भी सटोरिये, नेता और व्यापारियों के कार्टेल ने भरपूर उपयोग किया और आम उपभोक्ता को लूटा-खसोटा।

ध्यान देने योग्य बात है कि 13, 2014 तक 43 प्रतिशत बरसात कम हुई है और बुवाई भी 45 प्रतिशत कम हुई थी, जिससे गंभीर और विकट स्थिति बन गई थी। देश के कई हिस्सों में अभी तक बारिश की एक बूँद भी नहीं पड़ी थी, और मौसम के जानकारों के मुताबिक कमजोर मानसून की वजह से पाँच साल में पहली बार देश में सूखा पड़ सकने की आशंकाएँ प्रकट की जाने लगी थी। पिछले पाँच साल में पहली बार देश में सूखे की आशंका कमजोर मानसून

की वजह से प्रबल होती चली जा रही थी। मुझे और देश को याद है कि पिछले दशक में इस प्रकार की भयावह स्थिति का दसवाँ अंश भी बनता था, तब सप्रंग मंत्रिमंडल के कुछ मंत्री (जिनका नाम यदि नहीं लूँगा तब भी पाठक उन्हें याद करके कोस ही लेंगे) बड़ी ही सक्रियता से दलाल स्ट्रीट के साथ हॉट लाइन पर व्यस्त होकर अपनी आँखें वायदा बाजार के कंप्यूटर पर स्थिर कर लेते थे और इसके साथ ही देश भर में मूल्य वृद्धि का बिच्छू पूरी अर्थव्यवस्था को अपनी चपेट में ले लेता था। मंत्रियों के इन बयानों से आम उपभोक्ता तो चपेट में आता ही था, साथ-साथ कई छोटे और मझोले स्तर के व्यापारी भी लालच में आकर अपनी पूँजी गँवा बैठते थे और सड़क पर आकर अपमानजनक जीवन जीते थे या कई अवसरों पर तो आत्महत्या तक कर लेते थे।

महँगाई जैसी सबसे बड़ी और असरकारक समस्या से जूझ रही दिल्ली में बैठी नमो टीम (केंद्र मंत्रिमंडल) का उत्साहवर्धन किया जाना चाहिए कि दो साल से सूखे की मार झेल रहे महाराष्ट्र में फिर सूखे जैसे हालत उत्पन्न हो जाने, महाराष्ट्र के 22 जिले सूखा ग्रस्त घोषित किए जाने, पश्चिमी यू.पी. में सामान्य से 73 फीसदी कम बारिश होने, पूर्वी उत्तर प्रदेश में 40 फीसदी कम वर्षा होने, पंजाब में सामान्य के मुकाबले 57 फीसदी कम वर्षा होने, राजस्थान में 74 फीसदी कम बारिश होने, पूर्वी राजस्थान में 73 फीसदी वर्षा कम होने, पश्चिम राजस्थान में 65 फीसदी वर्षा कम होने, पूर्वी और पश्चिमी म.प्र. में 74 फीसदी वर्षा कम होने, गुजरात में 92 फीसदी कम बारिश होने, सौराष्ट्र सामान्य से 83 फीसदी वर्षा कम होने, विदर्भ और मराठवाड़ा में 67 फीसदी कम वर्षा होने, और देश के अनेकों अन्य प्रमुख कृषि उत्पादक क्षेत्रों में सूखे जैसी स्थिति के स्पष्ट हो जाने के संकट को झेल रही नरेंद्र मोदी सरकार ने परिपक्व ही नहीं बल्कि देश के प्रति पितृत्व भाववाली सरकार होने का परिचय दिया और इस संकट को बखूबी मैनेज कर गई! कुल मिलाकर यह स्पष्ट दिखा कि मानसून की कमी से बाजार को भड़काने और बाजारू शक्ति को लाभ पहुँचाने के साशय जो प्रयास पिछले वर्षों में देश को दिखते थे, वे अब नहीं दिखे।

□

अगस्त 2014

विश्वगुरु की ओर : नमो और गुरुजी की नेपाल यात्रा

नमो प्रधानमंत्रित्व के इस माह में, वे जब नेपाल गए तो वैदेशिक विषयों में एक नई सुगंध घोल आए। नेपाल में उनका ड्रेस अप, उनकी शैली, भाव भंगिमा और बाडी लेंग्वेज भारत के बाहर भारत के प्रधानमंत्री को देखने के नए मानक और चलन स्थापित कर गया।

संविधान सम्मत है सरसंघचालकजी का हिंदू आग्रह

इसी माह में परम पूज्य संघचालक ने कहा कि हर हिंदुस्थानी हिंदू है, तब इस पर भी आशानुरुप बवाल मचा, किंतु देखने में यह आया कि धर्म निरपेक्षता वादियों को सुनने और इन पर ध्यान देने का वातावरण अब देश में उतना बलशाली नहीं रहा।

अंततः रुक गया राम सेतु का विध्वंस

इस माह परिवहन मंत्री नितिन गडकरी ने स्पष्ट और आधिकारिक घोषणा की कि सेतु समुद्रम परियोजना को पूर्ण करने के लिए वैकल्पिक मार्ग खोजे जाएँगे और रामसेतु को सरंक्षित किया जाएगा। यह क्षण बीते वर्षों में रामसेतु सरंक्षण आंदोलन में सम्मिलित करोड़ों भारतीयों के लिए प्रसन्नता और आशापूर्ति का क्षण था।

विश्वगुरु की ओर : नमो और गुरुजी की नेपाल यात्रा

नमो जिस प्रकार विदेश नीति विषयक मामलों पर अपनी पकड़ बनाए हुए हैं और कदम-दर-कदम सधे हुए राजनयिक की भाँति आगे बढ़ रहे हैं, उससे स्पष्ट ही लगता है कि उनकी टीम विदेश नीति पर व्यापक होमवर्क कर चुकी है। नमो के शपथ-ग्रहण में विदेशी अतिथियों से लेकर, भूटान, चीन और नेपाल तक के वैदेशिक निर्णयों से आर.एस.एस. द्वारा वेदों से ली गई जंबू द्वीप अवधारणा की सुगंध भी सुवासित होती है। नेपाल हो, भूटान हो या कांधार, यानी अफगानिस्तान को लेकर निर्णायक भूमिका में आ जाने की आकांक्षा भरी उनकी प्रारंभिक गतिविधियाँ हों, यदि उनमें से जंबू द्वीप कॉन्सेप्ट की सुगंध आती है तो इसमें विचित्र या अनोखा कुछ भी नहीं, क्योंकि एक स्वयंसेवक और प्रचारक से यही अपेक्षित था। नेपाल केवल हमारा पड़ोसी ही नहीं बल्कि भारतीय आदर्शों, मान्यताओं, संस्कृति, खान-पान, रहन-सहन, पहनावा, व्रत, उत्सव आदि की दृष्टि से भी अनुकूल और हिला-मिला सा लगता है। नेपाल भारत के लिए सामरिक दृष्टि से भी अति महत्त्वपूर्ण है और चीन निरंतर नेपाल पर गिद्ध-दृष्टि गड़ाए हुए है। भारत एवं नेपाल के साथ साथ एक दीर्घकालीन विदेश नीति डिजाइन करके उस अनुरूप नीतिगत निर्णय करते चलने की आवश्यकता दीर्घकाल से अपेक्षित थी। पिछले वर्षों में भारत में चली निरंतर अल्पजीवी या अल्पमत सरकारों द्वारा इस विषय में कोई सकारात्मक पहल नहीं की जा सकी थी, किंतु आज परिस्थितियाँ अनुकूल हैं।

आर.एस.एस. द्वारा इस देश की विदेश नीति में नेपाल के महत्त्व को आज कल से नहीं बल्कि दशकों पूर्व से आकलित किया जाता रहा है। इसी क्रम में 1963 में श्रीगुरुजी नेपाल के तत्कालीन महाराजाधिराज श्री महेंद्रवीर विक्रमशाह से मिलने गए थे। इस यात्रा में गुरु गोलवलकरजी प्रधानमंत्री डॉ. तुलसी गिरि से भी मिले थे। महाशिवरात्रि के अवसर पर हुई माधवसदाशिव गोलवलकरजी की इस नेपाल यात्रा में उन्होंने पशुपतिनाथ मंदिर में शिवजी के दर्शन भी किए थे। विश्व का एक मात्र घोषित हिंदू राष्ट्र होने के नाते श्रीगुरुजी चाहते थे कि नेपाल का राजवंश, सरकार और सामान्य जनता राष्ट्रीय स्वयंसेवक संघ के कार्यों और अवधारणाओं, विचार आदि को समझे। वे उस समय यह भी चाहते थे कि नेपाल में विश्व हिंदू परिषद् के कार्यों और संगठन का विस्तार हो। उस समय पर नेपाल के राजा, प्रधानमंत्री से अलग-अलग और बड़े-बड़े दौर की चर्चाओं में नेपाल ने सौहार्दपूर्ण वातावरण में गुरुजी के विषय, अपेक्षाओं और चर्चाओं को सहृदयतापूर्वक सुना और समझा था। तब नेपाल के महाराजाधिराज और प्रधानमंत्री दोनों ने ही गुरु गोलवलकरजी से प्रभावित होकर उनके समक्ष यह बात रखी थी कि वे अतिशीघ्र भारत आकर संघ कार्य को विस्तार और समीप से देखना तथा अध्ययन करना चाहते हैं। अपने इस विस्तृत नेपाल प्रवास में गुरु गोलवलकरजी को यह आभास हो गया था कि नेपाल की भावनाएँ भारतीय प्रधानमंत्री पं. नेहरू तक व्यवस्थित रूप से पहुँच नहीं पाती हैं। यह संयोग ही था या योजना, यह तो गुरुजी ही जानें, किंतु यह एक ऐतिहासिक तथ्य है कि गुरु गोलवलकरजी ने नेपाल से लौटने के पश्चात् भारत के गृहमंत्री लालबहादुर शास्त्री से भेंट की थी और फिर शास्त्रीजी ने अपने नेपाल प्रवास में श्रीगुरुजी के नेपाल के अनुभवों व चर्चाओं के आधार पर नेपाल शासन के साथ हुई उनकी चर्चाओं को व्यवस्थित आकार और दिशा दी थी। शास्त्रीजी की इस नेपाल यात्रा में किए गए समझौतों, वार्त्ताओं, निर्णयों और प्रस्तावों में गुरु गोलवलकर की छाप स्पष्ट देखी गई थी।

गुरुजी की वैश्विक दृष्टि हमारे वेदों और पुराणों में व्यक्त जंबू द्वीप कॉन्सेप्ट के तारतम्य में ही रहती थी, जो कि आज भी प्रासंगिक है। इस जंबू भूगोल के अंतर्गत आनेवाले क्षेत्रों की सांस्कृतिक, राजनैतिक, धार्मिक और

भौगोलिक स्थितियाँ यदि उस समय समान थीं, कम-से-कम भौगोलिक तथ्य और परिस्थितियाँ और आवश्यकताएँ तो हमें आज भी एक धुरी पर ही खड़ा करती हैं। आज भी इस जंबू द्वीप की अर्थव्यवस्था संपूर्ण विश्व की बाकी अर्थव्यवस्था को प्रभावित ही नहीं, वरन् नियंत्रित करने की क्षमता रखती है और यही वह तथ्य है, जो जंबू द्वीप की अवधारणा को आज भी पुनर्जीवित करने के कारण उत्पन्न करता है। विष्णु पुराण में दिए गए विवरणों के अनुसार धरती के सात द्वीपों में से एक जंबू द्वीप था, जिसे आज यूरेशिया भी कहा जाता है। जंबू द्वीप के अलावा जो छह द्वीप थे, वे प्लक्ष, शाल्मली, कुश, क्रोंच, शाक एवं पुष्कर कहलाते थे। उस समय के जंबू द्वीप में हमारे साथ आज के मिस्र, सऊदी अरब, ईरान, इराक, इजराइल, कजाकिस्तान, रूस, मंगोलिया, चीन, बर्मा, इंडोनेशिया, मलेशिया, जावा, सुमात्रा, बांग्लादेश, नेपाल, भूटान, पाकिस्तान और अफगानिस्तान देश सम्मिलित थे। इस जंबू द्वीप, जिसका शासन और धुरी केंद्र भारतवर्ष हुआ करता था और विश्वगुरु कहलाता था, उसमें आज के हिंदुस्तान, नेपाल, तिब्बत, भूटान, म्याँमार, श्रीलंका, मालद्वीप, थाईलैंड, मलेशिया, इंडोनेशिया, कंबोडिया, वियतनाम, लाओस जैसे देशों का समावेश हुआ करता था। आज संभवत: प्रधानमंत्री के मानस में वैश्विक राजनीति को इस जंबुद्वीपीय राजनैतिक अवधारणा की ओर समन्वयकारी नीतियों के माध्यम से एक दिशा और एकलय करने की है तो यह समयजन्य तत्त्व ही है। यदि भारत को विश्वगुरु के उसके पुरातन अधिष्ठान पर स्थापित करना है तो इस प्रकार के युगीन तथ्यों को आज शनैः-शनैः प्रयोग में लाना ही होगा।

आज के परिप्रेक्ष्य में यह स्पष्ट ही देखा जा सकता है कि नेपाल में माओवादियों व वामपंथियों के बढ़ते प्रभाव के कारण पिछले वर्षों में वहाँ भारत विरोधी वातावरण सघन होता जा रहा था। माओवादियों ने विभिन्न प्रकार से पिछले दशकों में नेपाल के विभिन्न संकटों और कठिनाइयों के लिए भारत को ही जिम्मेदार ठहराया और भारत के साथ संबंधों में निरंतर खिंचाव की स्थिति बनती गई थी। नेपाल व भारत में सांस्कृतिक समानताओं के पश्चात् भी जो परस्पर दूरियाँ बनीं और बढ़ीं, उसका मूल कारण माओवाद और चीनी दुष्प्रचार ही है। 1962 के युद्ध के पश्चात् ही चीन ने भारत के युद्ध मोर्चे पर नेपाल के

सामरिक महत्त्व का आकलन कर लिया था। इसके बाद उसने सतत ऐसी कारखाइयाँ कीं और निर्णय लिये कि नेपाल में भारत विरोधी वातावरण बनता गया। उसने दुष्प्रचार किया कि भारत नेपाल का शोषण कर रहा है और नेपाल की निर्धनता का कारण भारत ही है। 1973 के गुटनिरपेक्ष सम्मेलन में नेपाल ने स्वयं को शांति क्षेत्र घोषित करने की माँग करना शुरू किया, जिसके मूल में चीन का भारत विरोध ही था। इसके पश्चात् 1988 में नेपाल ने बड़े पैमाने पर चीन से हथियार भी खरीदे, जो कि भारत के साथ हुई संधि का उल्लंघन था, जिसके अनुसार भारत की सहमति के बिना वह हथियार नहीं खरीद सकता है। नेपाल द्वारा चीन से भारत की सहमति के बिना हथियार क्रय करने का यह निर्णय भारत नेपाल संबंधों का कठिनतम दौर प्रारंभ करनेवाला कारक था। आज जबकि नरेंद्र मोदी ने घनघोर सकारात्मक वातावरण निर्मित करते हुए नेपाल यात्रा की और नेपाल के राजवंश के साथ, लोकतंत्र और अंतिम छोर के नेपाली नागरिक के साथ जिस प्रकार सीधा संवाद बनाने का अतुलनीय प्रयत्न किया है, वह निश्चित भारत-नेपाल संबंधों को एक नई दिशा, गति, लय और परस्पर प्रतिबद्धता प्रदान करेगा। अब भारतवर्ष की शास्त्रोक्त अवधारणा और विश्वगुरु भारत की अवधारणा पुनर्स्थापित होगी, यह विश्वास किया जाना चाहिए।

□

संविधान सम्मत है सरसंघचालकजी का हिंदू आग्रह

इस बात से कोई अबोध भी इनकार नहीं कर सकता कि इस देश में हिंदू शब्द के प्रयोग पर वितंडा या बवाल केवल तभी उठता है, जब इस शब्द का उच्चारण कोई हिंदूवादी व्यक्ति कर ले। यदि हिंदू शब्द या इस टर्म का उपयोग कोई तथाकथित सूडो सेकुलर या अन्य व्यक्ति कर ले तो उसे बुद्धिजीवी या इंटेलेक्चुअल कहा जाता है, फिर भले ही उसकी बात कितनी ही बर्बर और मध्ययुगीन क्यों न हो। अब जबकि आर.एस.एस. प्रमुख मोहन भागवत ने कहा है कि अगर इंग्लैंड में रहनेवाले अंग्रेज हैं, जर्मनी में रहनेवाले जर्मन हैं और अमेरिका में रहनेवाले अमेरिकी हैं तो फिर हिंदुस्तान में रहनेवाले सभी लोग हिंदू क्यों नहीं हो सकते, सभी भारतीयों की सांस्कृतिक पहचान हिंदुत्व है और देश में रहनेवाले इस महान् संस्कृति के वंशज हैं। उन्होंने चिरंतन-पुरातन उदार हिंदुत्व की भाषा में कहा कि हिंदुत्व एक जीवन शैली है और किसी भी ईश्वर की उपासना करनेवाला अथवा किसी की उपासना नहीं करनेवाला भी हिंदू हो सकता है, तब इस पर भी अनावश्यक विवाद-वितंडा प्रायोजित कर दिया गया है। कौन बुद्धिजीवी और इंटेलेक्चुअल है, जिसने संघप्रमुख के इस उदार व्याख्या की प्रशंसा की हो या उन्हें पुनरुद्धरित किया हो। जब हिंदू शब्द से मुँह टेढ़ा करनेवालों की बात करें तो कुछ दिन पूर्व की इनकी बुद्धिहीनता, बर्बर, विवेकहीन या अंधे-बहरे होने का शुतुर्मुगी आचरण याद आता है—स्मरण करिए कि गत माह जुलाई,14 में जब गोवा के उपमुख्यमंत्री फ्रांसिस डिसूजा ने कहा था कि मैं एक हिंदू ईसाई हूँ, तब भी इस

हिंदू शब्द से भड़कने और मुँह टेढ़ा करनेवाली इस प्रजाति ने ऐसा ही व्यवहार किया था। फ्रांसिस डिसूजा ने कहा कि मैं ईसाई हिंदू हूँ तो उन्होंने उस हिंदू शब्द का प्रयोग किया, जिसे इस देश के अनेकों राज्यों के उच्च न्यायालयों और उच्चतम न्यायालय ने विधिसम्मत ठहराया है। जब न्यायालयीन परंपरा ने हिंदू शब्द को असांप्रदायिक करार देते हुए एक जीवन पद्धति ठहरा दिया है, तब इस देश के ये बुद्धिजीवी उस व्यक्ति की धार्मिक स्वतंत्रता के संदर्भ में मध्ययुगीन, बर्बर और आदिमानव जैसी बात क्यों कर रहे थे? यदि फ्रांसिस डिसूजा ने स्वयं को इसाई हिंदू कहा तो उन्होंने उनकी संविधान प्रदत्त धार्मिक स्वतंत्रता का उपयोग किया, तब उनकी इस स्वतंत्रता पर टिप्पणी और उसका हनन अपराध कहलाया था या नहीं? इस देश के बुद्धिजीवी और इंटेलेक्चुअल्स को तब साँप क्यों सूँघ गया था, जब फ्रांसिस डिसूजा के मामले में इस देश के एक राजनैतिक दल ने गोवा चर्च से सार्वजनिक बयान में कहा था कि फ्रांसिस डिसूजा को वे धर्म से निष्कासित कर दें या उनसे स्पष्टीकरण माँगें कि वे ईसाई हैं या हिंदू? क्या इस देश के मतिभ्रमित मीडिया को एक संविधानबद्ध राजनैतिक दल का इस प्रकार चर्च से संवाद और उसे किसी व्यक्ति के निष्कासन का परामर्श करना सेकुलर लगता है?

इस देश में आज जो संघ सरसंघचालक के हिंदू शब्द प्रयोग पर लाठी पीट रहे हैं, उन नव बुद्धिजीवियों की बुद्धि वर्ष 2013 में तब कहाँ गई थी, जब इस देश के एक निर्वाचित मुख्यमंत्री नीतीश कुमार ने यह कहते हुए सांप्रदायिकता फैलाई और सामाजिक वातावरण विषैला करने का प्रयास किया था कि इस देश का प्रधानमंत्री कोई हिंदूवादी व्यक्ति नहीं बन सकता! आज जो मीडिया संस्थान, नेता, बुद्धिजीवी सरसंघचालकजी के हिंदू शब्द पर सवाल उठा रहे हैं, उनमें से किसी एक ने भी उस समय मुख्यमंत्री के संवैधानिक दायित्व का निर्वहन कर रहे नीतीश पर कोई प्रश्न उठाने या आक्षेप करने जैसा पुण्यकर्म नहीं किया था! आज मोहन भागवत द्वारा हिंदू शब्द के सकारात्मक उपयोग करने पर उन्हें संविधान अध्ययन का परामर्श देनेवाले ही व्यक्ति और संस्थान थे, जो तब अपने कथित धर्म-निरपेक्ष नकाब पहनकर चहक-चहक उठे थे। अब आज वे स्वयं अपने विवेक से पूछें कि संविधान का उनका ज्ञान उस दिन तेल लेने कहाँ गया था? निपट राजनीति करते हुए जब कुछ लोग हिंदू शब्द का उपयोग इस देश के मूल

निवासियों को छेड़ने, उत्तेजित और भावनाओं को साशय आहत करने के लिए करते हैं, तब कथित मीडिया का उत्तरदायित्व जाने क्यों कोमाग्रस्त हो जाता है? इस देश में हिंदू शब्द को स्वाभिमान से उच्चारित करने की स्वतंत्रता का निरंतर हनन करते मीडिया को समझना और जानना होगा कि किसी हिंदूवादी, संघी, भाजपाई ने अब तक यह तो नहीं कहा कि कोई मुसलिमवादी या ईसाईवादी इस देश का प्रधानमंत्री नहीं बन सकता है! जिम्मेदार लोगों के इस प्रकार के हिंदू विरोधी मुखर आचरण से लगने लगा है कि हिंदुत्ववादी होना कोई अपराध हो गया है। इस आचरण से देश के भोले-भाले करोड़ों हिंदुओं को यह भी लगने लगा था कि हिंदुत्ववादी होने से उन्हें या उनकी संततियों को किसी संवैधानिक राजनैतिक पद पर आसीन होने का अवसर नहीं मिल पाएगा। यह तो अच्छा हुआ कि भ्रम तत्काल ही दूर हो गए और एक स्वघोषित हिंदू राष्ट्रवादी व्यक्ति को इस देश की जनता ने प्रधानमंत्री चुन लिया।

संघ के सरसंघचालक मोहन भागवत की हिंदूवादी टिप्पणी या तर्क पर उँगली उठा रहा व्हाइट कालर्ड वर्ग अब स्मरण रखे कि संघ की हिंदू अवधारणा ऊपर से टपकी नहीं है, बल्कि विधिजन्य है। यह भी समझना होगा कि यह हिंदू अवधारणा विधिजन्य होने से भी ऊपर हजारों वर्षों में स्थापित हुई परंपराओं, प्रयोगों और आदर्शों के आधार पर निर्मित हुई है। संविधान निर्माताओं ने इस बात को स्पष्ट रूप से समझा था कि इस देश और इसके रहवासियों की आत्मा हिंदुत्व में बसती है और पारिभाषिक रूप से यह भारत वस्तुत: हिंदुस्तान ही है। संविधान की रूपरेखा भी विभिन्न प्रकार से इस तथ्य को संपुष्ट करती-कहती है कि हिंदुत्व एक धर्म या संप्रदाय नहीं बल्कि एक जीवन-शैली है। इसीलिए धर्म की स्वतंत्रता के मौलिक अधिकारों की गारंटी देते हुए अनुच्छेद 25 में खंड (2) के उपखंड (ख) में स्पष्ट किया गया है कि हिंदू के अंतर्गत अन्य बहुत से धर्मावलंबी भी समावेशित व समाहित होते हैं। महात्मा गांधी से लेकर महामना, लोकमान्य और अनेकों नेताओं ने इस पुनीत संवैधानिक तथ्य में प्रारंभ में ही प्राण प्रतिष्ठित कर दिए थे। हिंदुत्व शब्द के इस अर्थ से इन इतिहास हंताओं को भान हो जाना चाहिए कि हिंसायाम दुस्य्ते या सा हिंदू अर्थात् जो अपने मन-वचन-कर्मणा से हिंसा से दूर रहे, वह हिंदू है। यहाँ हिंसा की परिभाषा को भी समझें, जो कर्म अपने हितों

के लिए दूसरों को कष्ट दे, वह हिंसा है। इतने व्यापक ब्रह्मांड सदृश शब्द हिंदू को इस देश का तथाकथित बुद्धिजीवी वर्ग और छद्‌म धर्म-निरपेक्षतावादी लोग क्यों राजनैतिक बलिवेदी पर टाँगे खड़े हैं? यह अबूझ ही है! स्वाभाविक है कि पिछले दशकों से चला आ रहा तुष्टीकरण की राजनीति का झमाझम दौर एकाएक समाप्त नहीं हो सकता है। तुच्छ और स्वार्थी विचारों से हिंदू विरोध की राजनीति कर रहे राजनीतिज्ञों, नव बुद्धिजीवियों, मीडिया संस्थानों और दलों का अस्तित्व संकट में पड़ जाएगा, यदि उन्होंने लोकमान्य तिलक द्वारा दी गई हिंदुत्व की परिभाषा को नहीं समझा! लोकमान्य ने कहा था कि—

असिन्धो सिन्धुपर्यन्त यस्य भारत भूमिका
पितृभूपुण्यभूश्चेव स वै हिन्दू रीति स्मृतः।

अर्थात् जो सिंधु नदी के उद्‌गम से लेकर हिंद महासागर तक रहते हैं तथा इसकी संपूर्ण भूमि को अपनी मातृभूमि, पितृभूमि, पुण्यभूमि, मोक्षभूमि मानते हैं, वे हिंदू हैं।

आर.एस.एस. प्रमुख की बात पर उन्हें संविधान अध्ययन का परामर्श देनेवाले ये तथाकथित नव बुद्धिजीवी और सेकुलर यदि वेदों, विद्वानों, राष्ट्र पुरुषों के हिंदू आख्यानों को नजरअंदाज भी कर दें तो वे संयुक्त राष्ट्र संघ की इस परिभाषा से भारत यानी हिंदुस्तान के हिंदू राष्ट्र होने को विलग करके बताएँ। यू.एन.ओ. द्वारा दी गई राष्ट्र की परिभाषा इस प्रकार है—एक ऐसा क्षेत्र, जहाँ के अधिकांश लोग एक सामूहिक पहचान के प्रति जागरूक हों और एक सामूहिक संस्कृति साझा करते हों, इस परिभाषा के अनुसार राष्ट्र के लिए आवश्यक घटक हैं—एक भौगोलिक क्षेत्र, जिसमें कुछ लोग रहते हों, उस क्षेत्र के (अधिकांश) निवासियों की एक साझा संस्कृति हो, उस क्षेत्र के निवासी अपनी विशिष्ट सामूहिक पहचान के प्रति जागरूक हों और वहाँ एक पूर्ण-स्वतंत्र राजनैतिक तंत्र स्थापित हो। इन सब तथ्यों और अर्थों के आलोक में यदि आज इस देश के एक सौ दस करोड़ लोगों को लगता है कि मोहन भागवत सही कह रहे हैं तो कृपया अन्य सोच रखनेवाले व्यक्ति या समूह चुप ही रहें तो उचित होगा अन्यथा वे इतिहास के गाल में नहीं बल्कि कबाड़ में बैठे नजर आएँगे।

□

अंततः रुक गया सेतु का विध्वंस

रामसेतु के विषय में केंद्र की नवागंतुक नरेंद्र मोदी सरकार के मंत्री नितिन गड़करी ने पिछले दिनों देश भर के हिंदुओं के विश्वास को फलीभूत करते हुए कहा कि रामसेतु नहीं तोड़ा जाएगा। सेतु समुद्रम् परियोजना को पूर्ण करने के लिए वैकल्पिक मार्ग खोजे जाएँगे। यह निर्णय देकर मोदी सरकार ने संघ परिवार, विहिप के बड़े ही विस्तृत जन संघर्ष और चिंतक सुब्रमण्यम स्वामी के न्यायलीन संघर्ष को सार्थक कर दिया है। आज इस राष्ट्र में सांस्कृतिक मान बिंदुओं के समक्ष जो भी प्रश्न या अस्तित्व की चुनौतियाँ आ रही हैं, लगता है, उनके लिए राष्टीय स्वयंसेवक संघ ही एक मात्र हितकारी संस्था है, जो उनके संबंध में चिंतन, संघर्ष करेगी। इस क्रम में एक नाम सुब्रमण्यम स्वामी का भी आता है, जो कि न्यायालयों के माध्यम से इस प्रकार के सांस्कृतिक विषयों पर संघर्ष शलाका थामे हुए है। निश्चित तौर पर यह निर्णय बहु प्रतीक्षित है; किंतु अब यह भी आवश्यक है कि रामसेतु को वैश्विक धरोहर घोषित करने हेतु केंद्र से एक विस्तृत प्रस्ताव यू.एन.ओ. को भेजा जाए। यदि रामसेतु नेशनल हेरिटेज घोषित नहीं हुआ तो कभी भी इस प्रकार का विरोधी वातावरण पुनः बन सकता है। एक वैश्विक धरोहर को घोषित होने के लिए जो मापदंड होने चाहिए उन सभी पर रामसेतु पूर्णतः खरा उतरता है। वस्तुतः प्रगतिशीलता और विकास के नाम पर जैसा वातावरण भारत में पिछले दशक में बना था, वैसा विश्व भर कहीं और कदाचित् ही देखने को मिलेगा। संस्कृति, धर्म, पुरातत्त्व, नैतिकता सभी कुछ जैसे विकास के नाम पर लुटा देने को तैयार हो गया था हमारा तंत्र। इस ढर्रे

का ज्वलंत उदाहरण बना था हमारा रामसेतु। केंद्र में बैठी सोनिया के नेतृत्ववाली मौन सरकार ने तो रामसेतु विध्वंस के लिए बाकायदा न्यायालय में यह शर्मनाक हलफनामा प्रस्तुत किया था कि भारत के जन-जन और कण-कण की आस्था के केंद्र श्रीराम केवल एक कथा के पात्र मात्र हैं।

रामसेतु के विषय में संघ परिवार के नेतृत्व में विश्व हिंदू परिषद् के चरम संघर्ष के परिणामस्वरूप पिछली यूपीए सरकार दबाव में आकर पीछे हट गई थी। इस विषय में एक कदम पीछे हटकर चार कदम आगे आने की शैली में कांग्रेस सरकार ने पुनः इस मामले में हावी होकर रामसेतु विध्वंस के निर्णय पर सख्ती बरतनी चाहिए थी, उसने इस मसले पर गठित आर.के.पचौरी समिति की रपट को खारिज करते हुए कहा है कि वह इस परियोजना का काम आगे बढ़ाना चाहती है। मनमोहन सरकार ने तर्क दिया था कि इस परियोजना पर आठ सौ करोड़ रुपए खर्च हो चुके हैं और ऐसे में काम बंद करने का कोई मतलब नहीं। सुप्रीम कोर्ट में दाखिल हलफनामे में सरकार ने अविवेकपूर्ण और आधारहीन बात करते हुए आश्चर्य जनक रूप से रामायण के प्रमुख घटनाक्रम को विस्मृत करते हुए यह भी कहा था कि रामसेतु हिंदू धर्म का आवश्यक अंग नहीं है।

आज भले ही रामसेतु नहीं टूटने हेतु देशवासी आश्वस्त हो गए हों, किंतु देशवासी रामसेतु के मुद्दे पर वह हलफनामा पीढ़ियों तक नहीं भूलेंगे, जो एक सनकी, बूढ़े और नाम न लिये जाने योग्य मुख्यमंत्री ने न्यायालय में प्रस्तुत किया था। अपने पारिवारिक आर्थिक घोटालों को दबाने के प्रयास मैं इस मुख्यमंत्री ने मनमोहन सरकार को प्रसन्न करने के लिए न्यायालय में दाखिल हलफनामे में भगवान् राम के अस्तित्व को ही नकार दिया था। रामसेतु के ही ज्वलंत मुद्दे पर प्रस्तुत इस शर्मनाक हलफनामे में इस राष्ट्र के जन-जन और कण-कण के आराध्य और नायक को कपोल कल्पना तथा उपन्यास का एक पात्र भर सिद्ध करने की कुत्सित किंतु असफल कोशिश मनमोहन सरकार के सहारे एक कृतघ्न मुख्यमंत्री ने की थी। हालाँकि बाद में जब हिंदुओं ने तीव्र और सशक्त विरोध किया, तब इस घोटालेबाज मुख्यमंत्री ने इस तथाकथित हलफनामे को वापस ले लिया था।

सेतु समुद्रम् योजना के विषय में जानकारीपरक तथ्य यह भी है कि यह योजना 1860 से यानी लगभग 150 वर्षों से लंबित व विवादित रही है। इस

योजना को लेकर अब तक 13 समितियाँ गठित हो चुकी हैं। इस देश के शोषक और आक्रमणकारी अंग्रेजों ने भी इस योजना को सदा क्रियान्वयन से दूर ही रखा, किंतु हाय री हमारी संवेदनहीन यू.पी.ए सरकार कि उसकी बुद्धि इस मामले में सदा से न जाने क्यों उलटी ही चलती रही! इतिहास साक्षी है कि वर्ष 1460 तक भारत श्रीलंका के बीच आवागमन श्रीराम और इस देश के इंजीनियरों के पुरोधा नल-नील के द्वारा डिजाइन किए गए इसी सेतु मार्ग से होता रहा। बाद के वर्षों में यह सेतु भूगर्भीय परिवर्तनों से समुद्र कि तलहटी में धँसता चला गया, किंतु इसकी विशाल और सुदृढ सरंचना ने अपना आकार और अस्तित्व नहीं खोया व इसके कारण भारत और श्रीलंका के तटवर्ती भागों का प्राकृतिक आपदाओं से बचाव होता रहा।

वस्तुत: केंद्र की लचर यू.पी.ए. सरकार सेतु समुद्रम् परियोजना को अमेरिकी दबाव मैं अति शीघ्र पूर्ण करने के चक्कर में रामसेतु विध्वंस के लिए मशीनें भी भेज चुकी थी। यदि आर.एस.एस. और विहिप परिवार के मैदानी संघर्ष तथा वरिष्ठ चिंतक-विचारक सुब्रमण्यम सरकार के न्यायालीन संघर्ष ने देशव्यापी आंदोलन चलाकर पूरे देश को इस विषय पर जाग्रत् और चैतन्य नहीं किया होता तो रामसेतु आज केवल किताबों में उल्लेखित एक नाम भर होता। उस समय उतने बड़े विशाल जनांदोलन के बाद भी केंद्र सरकार मानी नहीं और हठधर्मितापूर्वक इस कुत्सित योजना में लगी रही थी। सेतु समुद्रम् परियोजना को पूर्ण करने के लिए अमेरिकी दबाव में 300 मीटर चौड़ा और 12 मीटर गहरा मार्ग बनाने के लिए उसने विशाल स्वचालित और तेज गति की मशीनें रामेश्वरम् के समीप धनुषकोटि पहुँचा दी थीं। फलस्वरूप इस विध्वंसक कार्य को रोकने के लिए कई याचिकाएँ न्यायालय में दायर की गईं, किंतु अधिकांश याचिकाएँ आश्चर्यजनक रूप से खारिज हो गई थी, सिवा एक सुब्रमण्यम स्वामी की याचिका के। 27 मार्च, 2012 को सुब्रमण्यम स्वामी की इस याचिका पर विचार करते समय ही केंद्र सरकार से न्यायालय ने स्पष्ट कहा कि वह रामसेतु को राष्ट्रीय धरोहर व स्मारक घोषित करने के संबंध में केंद्र सरकार दो सप्ताह में जवाब दे। इस संबंध में रोचक तथ्य है कि श्रीराम को कथा का पात्र मात्र माननेवाली इस सरकार ने इस सेतु को मानव निर्मित सरंचना माना व यह भी माना कि इसकी

लंबाई 30 कि.मी. है, स्मरण रहे कि धनुषकोटि और श्रीलंका के मध्य दूरी भी 30 कि.मी. ही है। याचिका के संबंध में स्वामी ने देश के सेवानिवृत्त न्यायाधीश के.जी. बालकृष्णन पर सोनिया गांधी से प्रभावित होने का आरोप लगाते हुए देश को बताया था कि जब उन्होंने याचिका दायर की, तब न्यायाधीश के.जी. बालकृष्णन एक सप्ताह की छुट्टी पर दक्षिण अफ्रीका चले गए थे। उनके लौटते तक सुनवाई टल जाती तो रामसेतु के विध्वंस का कार्य प्रारंभ हो जाता, तब सुब्रमण्यम स्वामी भागे-भागे कार्यवाहक न्यायाधीश के पास पहुँचे और उन्हें पूरा विषय निवेदन किया, तब कहीं जाकर रामसेतु को तोड़ने पहुँची मशीनें थम पाई थीं और इस तथाकथित धर्म-निरपेक्ष सरकार के मंसूबों पर रोक लग पाई थी।

रामसेतु के संबंध में एक महत्त्वपूर्ण तथ्य यह भी है कि वर्ष 2004 में आई सुनामी का सामना यदि इस सेतु की विशाल और सुदृढ संरचना से नहीं होता तो तमिलनाडु और केरल को भयंकर त्रासदी और नुकसान झेलना पड़ता। उस समय सुनामी की लहरें इसकी सरंचना से टकराकर कई भागों में छिन्न-भिन्न होकर भारत और श्रीलंका की तरफ विभाजित हो गईं, जिससे न सिर्फ भारत के तटवर्ती राज्य बल्कि श्रीलंका भी सुनामी से बाल-बाल बचा था।

रामसेतु के संबंध में प्रसिद्ध वैज्ञानिक व पर्यावरणविद् व कनाडा के ओटावा विश्वविद्यालय में अध्यापन करनेवाले सत्यम मूर्ति से भारत सरकार ने राय माँगी थी, तब उन्होंने स्पष्ट राय दी थी कि संपूर्ण विश्व पहले ही प्रकृति से खिलवाड़ करने के गंभीर परिणाम भुगत रहा है। उन्होंने अपनी लिखित राय में मनमोहन सरकार को स्पष्ट कहा था कि रामसेतुवाले समुद्री भाग में कई सक्रिय ज्वालामुखी व गतिमान व विशाल प्रवाल भित्तियाँ हैं, जिसके कारण रामसेतु को तोड़ने से कई भयंकर परिणाम सामने आ सकते हैं। साथ ही साथ उन्होंने यह भी कहा था कि रामसेतु को तोड़ने से पर्यावरण, समुद्री जल-जीवन और इसमें रहनेवाले जल-जंतुओं के साथ तटवर्ती इलाकों में जन-जीवन को दूरगामी दुष्परिणाम झेलने के लिए तैयार रहना चाहिए। अंततः रामसेतु बच तो गया है किंतु अब इसे वैश्विक धरोहर यानी नेशनल हेरिटेज घोषित करने का भी अभियान प्रारंभ हो, यही समीचीन माँग है।

□

सितंबर 2014

नमो ने जापान में जा बजाई कृष्ण की बंशी

जहाँ नमो अपने इस प्रवास में रक्षा व आर्थिक क्षेत्रों में सफल रहें, वहीं वे जापान के सम्राट् को गीता भेंट कर आए तथा प्राथमिक विद्यालय में बंशी बजाकर दिखाई व श्रीकृष्ण की कहानी भी सुनाई।

चीन बनाम राष्ट्रवादी नमो और कारोबारी मोदीजी

चीनी राष्ट्रपति जिनफिंग की भारत यात्रा के दौरान प्रधानमंत्री नमो अपने राष्ट्रवादी और कारोबारी सीईओ दोनों रूपों में एक नए आकार को छू कर रहे थे। सीमाओं की चिंता का उनका स्वभाव और राष्ट्रवाद से लबालब उनका आत्मविश्वास चीनी राष्ट्रपति से भेट-चर्चाओं के दौरान जैसे नजराया और चुप्पा सा रहा! यद्यपि इन परिस्थितियों में नमो के पास कोई दुसरा मार्ग भी नहीं था, तथापि चुनौतियों को अवसरों में बदलने के अभ्यस्त नमो इस अवसर को भारत के खाते में लिख देने का दुष्कर प्रयास करते दृश्यगत हुए!

कश्मीर में बाढ़ की पीड़ा और शरीफ को जनमत संग्रह का पेट दर्द

इस माह न्यूयॉर्क में हुई संयुक्त राष्ट्र संघ की बैठक में नवाज शरीफ ने पुनः कश्मीर में जनमत संग्रह के विषय को उठाया। भारतीय प्रधानमंत्रीनमो ने अपने भाषण में पाक कब्जे वाले और पूर्ण भारतीय कश्मीर में आई बाढ़ की पीड़ा को व्यक्त किया और वहाँ बाढ़ राहत के भारतीय सेना के अभियान की जानकारी देकर, बाढ़ राहत को अपना मुख्य तात्कालिक विषय बताया। नमो ने विश्व समुदाय को गौरवपूर्वक यह भी बताया कि उन्होंने पाक कब्जे वाले कश्मीर में भी बाढ़ राहत अभियान चलाने का विनम्र प्रस्ताव मानवीयता के दृष्टिकोण से रखा था।

नमो ने जापान में जा बजाई कृष्ण की बंसी

नमो ने जापान के सम्राट् अकीहितो को सम्मानपूर्वक 'भगवद्गीता' भेंट की। गीता भेंट करने के पश्चात् वे भारतीय मीडिया को चिमटी भी मार बैठे कि हो सकता है, उनके द्वारा गीता भेंट किए जाने से भारत में धर्म-निरपेक्ष मित्र नाराज हो सकते हैं और टी.वी. पर बहस भी हो सकती है। टोकियो के एक विद्यालय में तो नमो बच्चों से मिलने चले गए, वहाँ बाँसुरी बजाई और गोपालक श्रीकृष्ण की कहानी सुनाई। नमो ने बच्चों को बताया कि इस बाँसुरी के स्वर प्रभाव से किस प्रकार श्रीकृष्ण गायों को आकर्षित कर लेते थे। भारत-जापान ने बहुत से समझौतों पर हस्ताक्षर किए, जिसमें सैन्य, स्वच्छ ऊर्जा हेतु सहयोग, सड़क एवं राजमार्ग, स्वास्थ्य एवं महिला विषयक समझौते सम्मिलित हैं। जापान छह भारतीय हिंदुस्तान एयरोनॉटिक्स लिमिटेड सहित बहुत सी कंपनियों पर से प्रतिबंध भी हटाया। ये प्रतिबंध 1998 में पोखरण परमाणु परीक्षण के समय लगाए गए थे। जापान ने आगामी पाँच वर्षों में भारत की विकास परियोजनाओं के लिए 35 अरब डॉलर देने का वचन भी दिया।

□

चीन बनाम राष्ट्रवादी नमो और कारोबारी मोदीजी

विश्व प्रसिद्ध राजनीति शास्त्री रूसो के सामान्य इच्छा या लोकेच्छा के सिद्धांत को भारतीय राजनीतिज्ञों के सुलभ संदर्भों में व्यक्त करें तो कहेंगे कि एक राष्ट्राध्यक्ष का आचरण और स्वभाव स्वयं अपना नहीं बल्कि उस राष्ट्र और उसकी परिस्थितियों का होता है। इस रूप में यह कहा जा सकता है कि हमारे प्रधानमंत्री नमो मोदी भी चीन के समक्ष अपने स्वाभाविक आचरण में नहीं आ पाए हैं। नेहरू से लेकर मनमोहन तक की भूलों को ढोते हुए नमो का उदात्त राष्ट्रवादी रूप दब गया और कारोबारी नरेंद्र मोदी का अधिक उभार चीनी राष्ट्रपति शी जिनफिंग की भारत यात्रा के दौरान दिखा। नरेंद्र मोदी जिस प्रकार चीनी राष्ट्रपति जिनपिंग के प्रवास के दौरान बँधे, सकुचाए से नजर आए, वैसा उनका स्वभाव-मानस है नहीं! और न ही उनकी कार्यशैली ऐसी है। सीमाओं की चिंता का उनका स्वभाव और राष्ट्रवाद से लबालब उनका आत्मविश्वास चीनी राष्ट्रपति से भेंट-चर्चाओं के दौरान जैसे नजराया और चुप्पा सा रहा। यद्यपि इन परिस्थितियों में नमो के पास कोई दूसरा मार्ग भी नहीं था तथापि चुनौतियों को अवसरों में बदलने के अभ्यस्त नमो इस अवसर को भारत के खाते में लिख देने के दुष्कर प्रयास करते दृश्यगत हुए! वैदेशिक मामलों के जानकार जानते और मानते हैं कि 1962 के बाद की भारतीय विदेश नीति, नेहरू की भूलें और पिछले एक दशक का मनमोहन सिंह के पंगु और दिशाहीन कार्यकाल के चलते नरेंद्र मोदी चीन के सामने अपना स्वाभाविक

प्रदर्शन दिखाने की स्थिति में अभी एक-दो वर्ष तो नहीं ही आ सकते हैं। भारत-चीन सीमा पर शी के आने के ठीक पहले और बाद चीनी सेनाओं की घुसपैठ के आदतन और योजनाबद्ध कुप्रयास को नमो ने न समझा हो और इस प्रतिक्रिया व्यक्त करने का उनका मन न हुआ हो, ऐसा हो ही नहीं सकता। नमो संकोच में रहे किंतु शी किसी अवसर को नहीं चूके उन्होंने हाल ही के राष्ट्रपति प्रणब मुखर्जी के वियतनाम में किए तेल करार तक पर आपत्ति सशब्द प्रस्तुत कर दी।

यद्यपि भारत-चीन विवाद के बिंदु इतने अधिक और इतने गहरे हो गए हैं कि एक-दो वार्त्ताओं और यात्राओं से उनका सुलझ पाना भी संभव नहीं है, तथापि नरेंद्र मोदी से अधिक आशाओं के चलते बहुत से विषयों का अनसुलझा रहना संभवत: संपूर्ण भारतीय जनमानस को भी दुखी करता रहेगा। भारत-चीन विवादों का 1962 के बाद का इतिहास भारत की गलतियों से भरा पड़ा है। नेहरू दौर से शुरू हुई इन गलतियों के बाद चीन सतत भारत पर हावी ही होता रहा है, किंतु पिछला मनमोहन सरकार के शासन का एक दशक तो जैसे चीन द्वारा भारत पर आक्रामकता का ही दशक रहा। हम भारतीय झटका खा जाते हैं, यह जानकार कि पिछले एक दशक में मनमोहन सिंह ने चीन के साथ 15 वार्त्ताएँ की हैं और प्रत्येक वार्त्ता के बाद हम दो कदम पीछे ही सरके हैं। मनमोहन सिंह के प्रधानमंत्रित्व काल के एक वक्तव्य को हम प्रतिनिधि रूप में देखें तो समझ सकते हैं कि यू.पी.ए. सरकार चीन मामलों में कितनी तदर्थ और सतही थी; उन्होंने चीन के भारतीय क्षेत्रों पर कब्जा करने पर कहा था कि चीन का भारतीय क्षेत्र पर हुआ कब्जा सीमित और स्थानीय समस्या है। स्वाभाविक है कि मनमोहन की सतत हुई गलतियाँ नमो को दीर्घ समय तक झेलनी-भुगतनी पड़ेंगी।

कारोबारी नरेंद्र मोदी का तो अच्छा प्रदर्शन जिनफिंग के दो दिवसीय प्रवास में दिख गया, जो कि संभवत: राष्ट्रवादी नमो की रणनीतिक दिशा है, और यह सही भी है। हाँ, वर्तमान भारत की आर्थिक स्थिति और दशकों से चली आ रही सतत भूलों की खाई को पाटने में यह नमो को अंशत: सफल हो गए हैं।

चीन की सेना और शासनाध्यक्षों के बीच की गुत्थी को भारतीय राजनयिकों

को समझना होगा। शी की यात्रा के ठीक पहले सीमा पर चीनी दबाव बढ़ना, उनके भारत प्रवेश होते से दबाव कम होना और फिर लौटते से बढ़ जाना चीन के स्वभाव और शासन-सेना के बीच तारतम्य को प्रकट करता है या असामंजस्य को यह जाँचना होगा। यदि राजनयिक मोर्चे पर भारत-चीन किसी भी प्रकार की गतिविधि करते हैं तो ठीक उसी समय चीनी सेना भारत के प्रति अपने सुस्पष्ट और दीर्घकालिक एजेंडे को किसी-न-किसी प्रकार सीमा अतिक्रमण से प्रस्तुत कर देती है। वस्तुतः चीनी राष्ट्राध्यक्ष अपने सेनाओं के साथ वैधानिक ढाँचे में इस प्रकार की स्थिति में खड़े हैं कि वे चाहकर भी सेना को आदेश देने या 'पीछे हटो' कहने की स्थिति में नहीं होते हैं। एक अलग और विशिष्ट प्रकार का शासन-सेना संबंध चीन में चलता है, जिससे इस प्रकार की स्थितियाँ अकसर ही निर्मित होती रहती हैं। पिछले दशकों के अनेकों उदाहरणों के साथ-साथ नरेंद्र मोदी शासन काल का ही गत जुलाई माह का अनुभव हमारे समक्ष है, जब पंचशील की साठवीं वर्षगाँठ के समय चीन एक ओर हमारे उप राष्ट्रपति हामिद अंसारी का चीन में स्वागत कर रहा था और ठीक उसी समय चीनी सेना ऐसा नक्शा जारी कर रही थी, जिसमें अरुणाचल और जम्मू-कश्मीर के बड़े भारतीय क्षेत्र को चीन का हिस्सा बताया गया था। भारतीय उपराष्ट्रपति के इस चीन प्रवास के दौरान ही लद्दाख की पेंगोग झील पर भी कब्जे का प्रयास किया था। वस्तुतः चीन का यह स्वभाव ही रहा है, हर समय भारतीय क्षेत्रों पर अतिक्रमण और कब्जे की ये घटनाएँ चीन के दशकों से चले आ रहे उस चीनी अभियान का ही हिस्सा हैं, जिसमें चीन अरुणाचल प्रदेश के 90 हजार वर्ग किलोमीटर और जम्मू-कश्मीर के अक्साई चिन के 32 हजार वर्ग किलोमीटर इलाके पर अपना दावा प्रकट करता रहा है। पिछले वर्षों में किए गए चीनी दुस्साहस के कई प्रकरण जिनपिंग के इस दौरे में नरेंद्र मोदी के गले में फँसे-फँसे ही रह गए हैं, जिनका बड़ा मजबूत और जोरदार प्रगटीकरण होना आवश्यक है। लेह-लद्दाख के चुमर इलाके में घुसकर चीनी सेना ने भारतीय सेना के लगाए सिक्युरिटी कैमरों को भी तोड़ना, चीन द्वारा भारत के बनाए कई अस्थायी ढाँचों को कई-कई बार गिराना, सतत सीमाई अतिक्रमण, ग्वादर बंदरगाह, सीमारेखा का निर्धारण, तिब्बत, अनुचित वीजा नीति, कश्मीर में दखल, दौलत बेग ओल्डी सेक्टर के

चुमर इलाके में घुसकर अस्थायी कैंप स्थापित करना और बोर्ड लगाना कि यह चीन का इलाका है और आप चीन में हैं, आदि-आदि कई घटनाएँ ऐसी हैं, जिन्हें संपुष्ट और सुदीर्घ स्वर में व्यक्त करना समय की आवश्यकता है।

तिब्बत के विषय में भी जैसा तदर्थवाद नेहरू के 1962 के बाद से चला आ रहा है, उसे विराम देना होगा। नेहरू ने 1954 में चीन के साथ किए पंचशील समझौते में तिब्बत को चीन का अभिन्न अंग मान लिया था। हमारे सभी पड़ोसियों, जैसे पाकिस्तान, श्रीलंका, म्याँमार, बांग्लादेश, नेपाल को चीन द्वारा किसी-न-किसी प्रकार अपने प्रभाव और दबाव क्षेत्र में लिया जा चुका है, इसकी चिंता भी वार्त्ताओं में प्रकट नहीं हो पाई है। तमाम कारोबारी समझौतों के बीच अक्साई चिन, मैकमोहन रेखा, भारतीय नक्शों में अरुणाचल को दिखाने पर चीन की आपत्तियाँ, चीन द्वारा ब्रह्मपुत्र में परमाणु कचरे को बहाना आदि विषय अनसुलझे ही रह गए हैं। मूल विरोधाभास भी बना ही रहा कि बीजिंग भारत-चीन सीमा को 2000 कि.मी. का कहता है, जबकि हमारी दिल्ली के अनुसार यह 4000 किमी. है। पिछले दशकों की भारतीय भूलों और तदर्थवाद के चलते भारतीय जनमानस से नमो को यह स्वाभाविक छूट मिल सकती है कि वे प्रारंभिक दौर में चीन के साथ सधे-सधे से चलें किंतु देर-अबेर उन्हें अपना राष्ट्रवादी रूप प्रकट करके चीन को ये सभी विषय स्पष्ट करने ही होंगे। भारतीय जनता तो उनसे परिणाम चाहती है, चाहे वे आँखों में आँखें डालकर सम्मोहित करके लाए या आँखें दिखा-दिखाकर!

□

कश्मीर में बाढ़ की पीड़ा और शरीफ को जनमत संग्रह का पेटदर्द

न्यूयॉर्क में चल रही संयुक्त राष्ट्र की महासभा में, जबकि समूचा विश्व समुदाय शांति और विकास के चिंतन-मंथन में व्यस्त है, वहीं सदा की भाँति पाकिस्तान नेतृत्व अपनी उलझाऊ भाषा और मुद्दों के साथ विश्व शांति समुदाय को लक्ष्य से भटकाने के प्रयास में था। महासभा को संबोधित करते हुए पाकिस्तान के प्रधानमंत्री नवाज शरीफ ने एक बार फिर उनका बेसुरा, कुत्सित कश्मीर राग अलापा; शरीफ ने कश्मीर मसले के लिए वहाँ जनमत संग्रह कराए जाने की माँग की है। इसी क्रम में हमारे प्रधानमंत्री नरेंद्र मोदी ने भी अपने भाषण में कश्मीर का विस्तार से उल्लेख किया किंतु उन्होंने बड़ी ही संवेदनशीलता से कश्मीर में आई बाढ़ हेतु चले बचाव अभियान का हाल बताया और इस बचाव अभियान की भावी योजनाओं का भी उल्लेख किया। नमो ने विश्व समुदाय को गौरवपूर्वक यह भी बताया कि उन्होंने पाक कब्जेवाले कश्मीर में भी बाढ़ राहत अभियान चलाने का विनम्र प्रस्ताव मानवीयता के दृष्टिकोण से रखा था। यह विडंबना ही है और विश्व समुदाय की सहनशीलता की अति कि पाक को संयुक्त राष्ट्र में कश्मीर विषय उठाने की छूट अभी भी मिल रही है। भारतीय जम्मू-कश्मीर और पाक कब्जेवाले कश्मीर के विकास और नागरिक अधिकारों की तुलना करें तो पाक कब्जेवाले कश्मीर में स्थिति नारकीय दिखलाई पड़ती है। कश्मीर की बाढ़ से मुँह छुपाते और वहाँ के नागरिकों को पानी और उसके बाद महामारी में मरने को मजबूर छोड़नेवाले

नवाज शरीफ को संयुक्त राष्ट्र में कश्मीर का उल्लेख करने से पहले शर्म आनी चाहिए थी। भारतीय गणराज्यवाले कश्मीर और पाक के अवैध कब्जेवाले कश्मीर में बाढ़ राहत के अभियानों में अंतर देखें तो पता चलेगा कि इस भयानकतम प्राकृतिक आपदा में फँसे पाकी कश्मीर में पाक प्रशासन कितना अक्षम और असंवेदनशील सिद्ध हुआ है। यह भी देखना चाहिए कि जब कश्मीर की जनता बाढ़ और उसके बाद के बाढ़ जनित दुष्परिणामों को झेल रही है, तब उसके कष्टों पर चिंतन के बजाय पाकिस्तानी नवाज शरीफ किसी भी अवसर पर शरारती और कुत्सित राजनीति करने से नहीं चूकते हैं। नवाज ने मक्कारीपूर्वक भारत यह आरोप लगाया कि विदेश सचिव स्तर की वार्त्ता को रद्द कर भारत ने मुद्दों के समाधान करने का एक अवसर को गँवा दिया है।

विश्व समुदाय को यह स्मरण रखना चाहिए कि 26/11 के आरोपियों पर कारवाई के स्थान पर उन्हें आरोपों से बच निकलने के अवसर देनेवाला पाक प्रशासन अब तक इस विषय में अपने स्टैंड को बदल नहीं पाया है।

पाक द्वारा बार-बार वैश्विक मंचों पर जिस प्रकार कश्मीर का उल्लेख किया जाता है, उस संदर्भ में संयुक्त राष्ट्र निष्पक्ष विश्लेषण करें तो इस विषय का बार-बार उठाना ही बंद हो जाएगा। भारतीय विदेश विभाग अब तक इस विषय में कोई सख्त और ठोस पहल नहीं कर पाया है। पिछले एक दशक के लचर भारतीय प्रस्तुतीकरण को भी इसका उत्तरदायी माना जाना चाहिए। विश्व समुदाय के समक्ष भारतीय विदेशमंत्री या विदेश सचिव को तब मौन रहने को मजबूर होना पड़ता था जब भारत के अंदर से ही निर्वाचित प्रतिनिधि कश्मीर विलय पर प्रश्न उठाने लगते थे! विश्व मंचों पर पाकिस्तान को कश्मीर का प्रश्न उठाने से और दुनिया को उसे सुनने से तब तक नहीं रोक पाएँगे, जब तक हमारे संवैधानिक पदों पर आसीन उमर अब्दुल्ला और फारूख अब्दुल्ला जैसे लोगों का यह कहना नहीं रुकेगा कि विशेष दरजेवाले जम्मू-कश्मीर का भारत से संपूर्ण विलय नहीं हुआ है। जिस कश्मीर के विलय के संबंध में भारत का राष्ट्रीय पक्ष सदा से यह रहा है कि कश्मीर का भारत में विलय अपरिवर्तनीय और अटल है और यह भी रहा है कि जम्मू-कश्मीर भारतीय गणराज्य का अविभाज्य अंग है, उस कश्मीर के संदर्भ में जम्मू कश्मीर के मुख्यमंत्री उमर

अब्दुल्ला का यह कहना कि चार शर्तों के साथ राज्य का देश से विलय जरूर हुआ था, लेकिन अन्य प्रदेशों की तरह वह पूर्ण रूप से देश से नहीं जुड़ पाया है। कांग्रेसी समर्थन की बैसाखियों पर सरकार चलाने वाले उमर अब्दुल्ला जिस प्रकार की बात करते हैं, वैसे ही स्वर अलगाववादी कश्मीरी नेता सैयद अली शाह गिलानी व मीरवाइज, उमर फारूख सहित अन्य अलगाववादी नेता भी बोलते रहे हैं।

पिछले एक दशक की विकलांग भारतीय वैश्विक राजनीति से ऊँचे उठकर नरेंद्र मोदी को यह स्टैंड अब लेना होगा कि अमेरिका कश्मीर विषय को सुनने से ही निषेध कर दे। अमेरिका और पाकिस्तान के बीच की आपसी समझ कि पाकिस्तान कश्मीर पर मध्यस्थता की माँग करता रहेगा और अमेरिकी प्रशासन मना करते रहकर भारत की ओर ऊँची दृष्टि से और अनुकंपा भाव से देखता रहेगा और इस प्रहसन के बीच एशिया में सैन्य जमावट के अमेरिकी स्वप्न आकार लेते रहेंगे? इस दोमुँही अमेरिकी नीति के दाह-संस्कार का दायित्व अब नमो का ही है और उन्हें लोकतंत्र ने इसकी उल्लेखनीय शक्ति भी दी है। स्पष्ट है कि पहले नरेंद्र मोदी को देश के अंदर कश्मीर विषय पर देशज भावना के विपरीत बोलने और कृत्य करनेवालों से निपटना होगा, तब ही वे वैश्विक मंचों पर कश्मीर विषय को दृढता से रख पाएँगे।

पाकिस्तान बोले तो हम मानते हैं कि दुश्मन बोल रहा है किंतु कश्मीर के निर्वाचित और कांग्रेस के समर्थन से सरकार चला रहे उमर अब्दुल्ला भारत विरोधी भाषा बोले तो भारतीय जनमानस के जख्म हरे हो जाते हैं, क्योंकि जम्मू-कश्मीर का सशर्त विलय नहीं बल्कि पूर्ण विलय हुआ है। जम्मू-कश्मीर रियासत के तत्कालीन महाराजा हरिसिंह ने 26 अक्तूबर, 1947 को एक विलय-पत्र पर हस्ताक्षर करके उसे भारत सरकार के पास भेज दिया था और 27 अक्तूबर, 1947 को भारत के गवर्नर जनरल लार्ड माउंटबेटन द्वारा इस विलय पत्र को उसी रूप में तुरंत स्वीकार कर इस विलय की वैधानिक आधारशिला रख दी गई थी। यहाँ इस बात का विशेष महत्त्व है कि महाराजा हरिसिंह का यह विलय-पत्र भारत की शेष 560 रियासतों के विलय-पत्र से किसी भी प्रकार से भिन्न नहीं था और इसमें कोई पूर्व शर्त भी नहीं रखी गई थी। तब

प्रथम प्रधानमंत्री पंडित जवाहरलाल नेहरू ने देशहित को अनदेखा करते हुए इस विलय को राज्य की जनता के निर्णय के साथ जोड़ने की घोषणा करके अपने जीवन की सबसे बड़ी भूल कर दी थी, जिसे देश आज भी भुगत रहा है। कश्मीर के संदर्भ में नेहरू की दूसरी बड़ी भूल 26 नवंबर, 1949 को संविधान सभा में अनुच्छेद-370 का प्रावधान करवाना है, जिसके कारण इस राज्य को विशेष दर्जा प्राप्त हुआ था। तब भारतीय संविधान के जनक और तत्कालीन कानून मंत्री डॉ. भीमराव अंबेडकर और संविधान सभा के कई सदस्यों ने इस अनुच्छेद को देशहित में न मानते हुए इसके प्रति अपनी घोर असहमति जताई थी, किंतु इस सब के बाद भी नेहरूजी ने जिद्द करके इस अनुच्छेद 370 को अस्थायी बताते हुए और शीघ्र समाप्त करने का आश्वासन देकर पारित करा लिया था।

अब समय आ गया है कि नमो कश्मीर विषय पर देश में 370 की वैधानिक बहानेबाजी को भी समाप्त करने की ओर कदम उठाएँ, ताकि यू.एन.ओ. और अन्य वैश्विक मंचों पर कश्मीर विषय रखने के जो बहाने और मुँह छिपाने के जो अवसर अलगाववादियों और पाकिस्तान को उपलब्ध हैं, वे समाप्त हो सकें।

□

अक्तूबर 2014

वीजा की अप्रिय स्मृतियाँ व नमो की ग्रेंड अमेरिका यात्रा

नमो के इस सफलतम अमेरिका प्रवास में नमो का पग-पग और पल-पल, नमो के वीजा प्रकरण और उसके भारत में कुप्रचार की कटुक स्मृतियों को मुँह चिढ़ाता प्रतीत हुआ।

संदर्भः प.पू. सरसंघचालक मोहन भागवत का भाषण

वैचारिक अधिष्ठानों के देश से संवाद में संकोच क्यों?

प्रति वर्ष विजयादशमी पर नागपुर में होने वाले देश के सामाजिक, वैचारिक और सांस्कृतिक संगठन राष्ट्रीय स्वयंसेवक संघ के परम पूज्य सरसंघचालक मोहनरावजी भागवत के भाषण का दूरदर्शन ने प्रसारण कर दिया। विघ्न संतोषियों को इसमें मरोड़ होने लगा

वीजा की अप्रिय स्मृतियाँ व नमो की ग्रेंड अमेरिका यात्रा

गुजरात के मुख्यमंत्री के तौर पर अमेरिका और नमो के मध्य वीजा न देने को लेकर हुई कहानियाँ सभी के स्मृति-पटल पर अंकित हैं। नमो के वे विरोधी, जिन्होंने अमेरिका द्वारा नमो को वीजा न दिए जाने पर खूब चटखारे लिये थे। वे सभी बगलें झाँकते नजर आए। नमो ने जैसा अद्भुत और स्मरणीय अमेरिका प्रवास किया, वैसा चमकदार यात्रा वृत्तांत किसी भी अन्य भारतीय का नहीं रहा।

नमो का विनम्रता भरा हठीला स्वभाव यहाँ उन्हें अवश्य समझ में आ गया होगा, जो नमो के अंतरतम को भली-भाँति जानते हैं। नमो ऐसे ही हैं! यदि कोई बात उनके अंदर घर कर लेती है तो फिर वो बात बहुत दूर तलक जाती है! अमेरिका में नमो का पग-पग और पल-पल उस वीजा प्रकरण और उसके भारत में कुप्रचार की कटुक स्मृतियों को मुँह चिढ़ाता प्रतीत हुआ।

नमो की अमेरिकी राष्ट्रपति ओबामा के साथ वाशिंगटन में भेंट होगी, उसके पूर्व प्रधानमंत्री संयुक्त राष्ट्र महासभा में भाग लेने न्यूयॉर्क जाएँगे। नमो ने वहाँ महासभा को संबोधित भी किया। नमो कई प्रतिष्ठित व बड़े नेताओं व उद्योगपतियों से भेंट की। श्रीलंका के राष्ट्रपति महिंद्रा राजपक्षे, नेपाल के प्रधानमंत्री सुशील कोइराला और बांग्लादेश की प्रधानमंत्री शेख हसीना के साथ तीन द्विपक्षीय बैठकें हुईं।

नमो प्रतिवर्ष दोनों नवरात्रियों में प्रतिदिन साधना करते हैं तथा सख्त

उपवास रखते हैं। संयोग है कि शक्ति के संचय, आराधना व सिद्धि के इस पर्व के अवसर पर वे अमेरिका में थे।

पाँच दिनों के इस संपूर्ण अमेरिका प्रवास में 64 वर्ष की आयु के नमो मात्र नीबू पानी पीकर समस्त कार्यक्रमों में पूर्ण ऊर्जा से सराबोर होकर न केवल उपस्थित दिखे, अपितु वे अत्यधिक उल्लास, उमंग व शक्ति से लबरेज भी दिखे। मेजबान अमेरिका ने नमो की भावनाओं को ध्यान रखते हुए भोजन कार्यक्रमों से मांसाहारी भोजन हटाने का निर्णय लिया।

भारतीय प्रधानमंत्री नमो जब संयुक्त राष्ट्र महासभा को संबोधित करने के पहुँचे, तब उनका स्वागत करने के लिए बड़ी संख्या में भारतीय महिला व पुरुष एक थे। भारतीयों ने मोदी-मोदी के नारे लगाए, वे 'न्यूयॉर्क लव्स मोदी', 'अमेरिका लव्स मोदी' लिखी हुई तख्तियाँ उठाए हुए थे। मेडिसन स्क्वायर में तो जादू ही बिखेर दिया था नमो ने! मेडिसन स्क्वायर के प्रतिष्ठित सभागार में बीस हजार से अधिक अमेरिकी भारतीय उन्हें पलकों पर बैठा चुके थे।

न्यूयॉर्क के बाद नमो वाशिंगटन पहुँचे, जहाँ ओबामा ने उनके सम्मान में रात्रिभोज दिया। यद्यपि नमो ने यहाँ भी अपने उपवास के नियम अनुसार ही नीबू पानी लिया। ओबामा व नमो ने वाशिंगटन पोस्ट के एक संयुक्त आलेख भी लिखा तथा हम चलें साथ-साथ की थीम पर एक विजन स्टेटमेंट दिया।

नमो से दूसरी भेंट में दोनों देशों ने भारत-अमेरिका संबंधों को 'नए स्तर' पर ले जाने, असैन्य परमाणु करार में आ रही बाधाओं को दूर करने तथा आतंकवाद से लड़ने में परस्पर सहयोग करने हेतु प्रतिबद्धता प्रदर्शित की। आर्थिक सहयोग, व्यापार और निवेश आदि विषयों पर व्यापक चर्चा की गई और मोदी ने अमेरिका में भारतीय सेवा क्षेत्र की सरल-सहज उपस्थिति बनाने की दिशा में प्रावधान करने की माँग की। नमो की इस अमेरिका यात्रा में ऐसे न जाने कितने ही सरल-कठिन तथा संभव-असंभव से लगनेवाले विषय तय होकर सहमति की ओर बढ़े, जो एक समय में भारतीय पक्ष के लिए एक कल्पना मात्र थे। यद्यपि परमाणु मुद्दे पर अभी नमो अपेक्षित सफलता प्राप्त नहीं कर पाए हैं, तथापि यह भी स्मरण रखना चाहिए कि अभी तो एक वर्ष ही हुआ है! □

संदर्भ : प.पू. सरसंघचालक मोहन भागवत का भाषण, वैचारिक अधिष्ठानों के देश से संवाद में संकोच क्यों?

इस विजयादशमी पर दूरदर्शन सहित अन्य प्रसारण चैनलों ने भी राष्ट्रीय स्वयं-सेवक संघ के शीर्षतम नेता सरसंघचालक मोहनजी भागवत के प्रतिवर्ष होनेवाले भाषण का अद्यतन और त्वरित प्रसारण किया। सौभाग्य कि ऐसा होना प्रारंभ हुआ और दुर्भाग्य कि ऐसा पूर्व में नहीं होता था। दूरदर्शन के इस कदम से बहुतों के पेट में मरोड़ और माथे पर बल आने की संभावना तो थी ही। और ऐसा ही हुआ भी। किसी देश के प्रसार माध्यमों से क्या प्रसारित हो और उसकी विषयवस्तु क्या हो इस पर बहस प्रारंभ होना ही चाहिए किंतु इतने निचले स्तर से नहीं होना चाहिए कि मोहनजी भागवत का दूरदर्शन प्रसारण हुआ तो किसी अन्य मौलवी या पादरी का भी होगा क्या? सरसंघचालकजी के विजयादशमी भाषण के प्रसारण के विषय में हमें यह तथ्य ध्यान रखना होगा कि यदि सत्ता एक प्रतिष्ठान होती है तो उस प्रतिष्ठान का एक वैचारिक अधिष्ठान आवश्यक होता है। इतिहास में ऐसे दुर्भाग्यपूर्ण अवसर आए हैं, जब किसी सत्ता प्रतिष्ठान का वैचारिक अधिष्ठान नहीं रहा हो या सर्वथा विचार-शून्य और निष्प्रभावी प्रकार का रहा हो। दुर्भाग्य से स्वतंत्र भारत के सतत शासक दल रहे कांग्रेस के साथ कुछ ऐसा ही हुआ। कांग्रेस एक आंदोलन के रूप में विकसित हुई और उसका चरित्र स्वाभाविक रूप से स्वतंत्रता आंदोलन

की त्वरित आवश्यकताओं के आस-पास केंद्रित रहा। तदैव ही स्वतंत्र भारत में महात्मा गांधी ने कहा था कि कांग्रेस का विसर्जन कर देना चाहिए! गांधीजी सत्ता प्रतिष्ठान के साथ विशिष्ट और उत्कृष्ट चरित्र के साथ संबंध रखनेवाली, परस्पर-समानांतर चलती, राजनीतिज्ञों और नौकरशाहों को जन-भावनाओं से अवगत कराते एक शीर्ष वैचारिक अधिष्ठान की कल्पना सँजोए हुए थे। गांधीजी के हृदय में तत्कालीन वैश्विक अनुभवों से यह बात स्पष्ट हो गई थी की सत्ता के ऊपर एक गैर-सरकारी नियंत्रण संस्थान होना ही चाहिए, जो जनता और सत्ता के मध्य एक सेतु रूप में भी सक्रिय रहे। पोलित ब्यूरो जैसी संस्थाओं की भूमिका कल्पना उनके मन में सदैव रही। कांग्रेस के नेताओं ने गांधीजी की कांग्रेस को तिरोहित-विसर्जित करने और नए राजनैतिक दल के सामाजिक, सांस्कृतिक, वैचारिक अधिष्ठान से संचालित होने की कल्पना को नष्ट कर दिया। इसके ऊपर तुर्रा यह भी हुआ कि कांग्रेस के पास जो गांधी, तिलक, वल्लभभाई, लालबहादुर की वैचारिक पूँजी थी, उसे भी नेहरू की वैचारिक शून्यता और पाश्चात्य मोहित, भौतिकतावादी दृष्टिकोण ने लील लिया। बाद के दशकों में गांधी परिवार की गणेश परिक्रमा करती कांग्रेस दिन प्रतिदिन वैचारिक आधार से दूर होती चली गई। बापू के आशय से विपरीत जाकर और कांग्रेस का यह हाल होना ही था। राष्ट्रवाद का भाव तो जैसे कांग्रेस ने विस्मृत ही कर दिया और सर्वाधिक दुखद यह कि सत्ताधारी कांग्रेस को राष्ट्रवाद का स्मरण करानेवाला कोई गुरुतर आसनधारी उसके पास नहीं है। किंतु सौभाग्य से भाजपा नामक राजनैतिक प्रतिष्ठान के पास संघ नामक यह कुलपति, गुरुतर आसन या वैचारिक अधिष्ठान है! इस आसन ने भी अपने आपको पवित्र, सदाशयी, अहर्निश राष्ट्र सेवारत होकर गौरवान्वित होने का भाव बना रखा है, तो उसे सुनना ही चाहिए।

आज स्थितियाँ भिन्न हैं। देश के पिछले तीस वर्षों के इतिहास में पहली बार कोई दल केंद्र में स्पष्ट बहुमत प्राप्त करके सत्तारूढ़ है तो उसे नवाचार करने के अवसर भी मिलना ही चाहिए। अब राजनीति के ठेकेदार चिंता न करें और नई परंपराएँ स्थापित होने दें! यदि ये नई परंपराएँ सार्थक और आदर्श होंगी तो देश की संज्ञा, प्रज्ञा उन्हें स्वीकार करेंगी अन्यथा उन्हें बाहर फेंक देगी।

स्पष्ट बहुमत से केंद्र में सत्ता प्राप्त करनेवाली भाजपा के राष्ट्रीय स्वयंसेवक संघ से संबंध माँ-पुत्र के रहे हैं, देश के लिए यह कोई नया तथ्य नहीं है। संघ ने भी अपने विचार परिवार को देश के सामने सदैव प्रस्तुत किया है, कभी छिपाया नहीं। अब यदि भाजपा के सत्ता में आने पर उसके कुलपति के भाषण का दूरदर्शन से प्रसारण होता है तो देखने योग्य केवल यह रह जाता है कि इस भाषण में कुछ आपत्तिजनक या संविधानेतर तो नहीं है! यह भी देखना चाहिए कि इस भाषण में इस देश-समाज के लिए कोई वैचारिक तप-ताप से प्राप्त स्पष्ट दिशा है या नहीं? यह भी ध्यान देना चाहिए कि भाषणकर्ता को देश के अधिसंख्य समाज से स्वीकार्यता और आदर दोनों प्राप्त हैं या नहीं? यदि सभी कुछ सकारात्मक है तो फिर सुनिए और सुनने दीजिए। संघ के कुल-परिवार के एक अंश भाजपा को इस देश की जनता ने सत्ता दी है तो उसे जनता जनार्दन से परस्पर संवाद कर दो-चार हो लेने दीजिए। अनावश्यक तीन-तेरह करनेवाले वैचारिक दिवालिए अपने-अपने कुलपतियों को सामने लाएँ तो उचित होगा। स्थिति इतनी मूर्खतापूर्ण है कि कांग्रेस, वामपंथी, समाजवादी आदि सभी ने सरसंघचालकजी के प्रसारण की आलोचना की, किंतु उन्होंने क्या कहा, इस विषय में वे मौन रहे। भाषण की विषयवस्तु पर कोई कुछ नहीं बोला। भाषण और उसकी विषयवस्तु पर आक्षेप नहीं करने की उनकी मजबूरी को देश भी समझ रहा है और वे स्वयं भी।

सरसंघचालकजी का उद्‌बोधन मंगल यान, एशियाड के पदक विजेताओं को बधाई, भारतीय मूल के लोगों के भारत प्रेम को उत्साहित करते, मध्य-पूर्व के देशों में बढ़ रही अशांति और उसमें भारत के हितों और भूमिका, घुसपैठियों और गौवंश की चर्चा पर केंद्रित रहा। इस भाषण में पश्चिमी देशों के सतत भोगवाद से उपज रहे नए-नए संकट, कश्मीर की बाढ़, परिवार के वातावरण की चिंता, टेलीविजन पर क्या आए क्या न आए, इस मुक्त वातावरण में टी.वी. पर क्या देखें क्या न देखें आदि के सहज संवाद चर्चा से इस भाषण में सरसंघचालकजी ने इस देश की जनता और सरकार दोनों के बीच एक सेतु की भूमिका को जीवंत किया है। इस देश की सदा से यह आशा रही है कि कोई एक माध्यम रहे, जहाँ से जनता की आशाएँ और भावनाएँ केंद्रीय सत्ता के

समक्ष व्यवस्थित और समुचित रूप से एक प्रस्ताव रूप में रखी जाएँ। यद्यपि परमपूज्य सर संघचालकजी ने ऐसा नहीं किया है, तथापि देश की जनता तो अब इस नए वातावरण में ऐसी आशा रख रही है।

देश की जनता देश की सत्ता से अभी सीधे संवाद के मूड में है, उसे दुभाषियों और दलालों की आवश्यकता नहीं है।

□

नवंबर 2014

पाकिस्तान नहीं चाहता कश्मीर में बने हिंदू मुख्यमंत्री

एक प्रधानमंत्री के तौर पर जम्मू कश्मीर में निष्पक्ष और शांतिपूर्ण चुनाव और एक राजनीतिज्ञ के तौर पर जम्मू कश्मीर में सत्ता में आने का कार्य नमो के लिए एक बड़ी चुनौती के रूप में उनके समक्ष था। कश्मीर और पाकिस्तान दोनों में ही ऐसी प्रत्यक्ष और अप्रत्यक्ष चुनौतियाँ थी, जो नमो की राह में बड़ा रोड़ा थी।

ऑस्ट्रेलिया में जी 20 बैठक व फीजी, म्यांमार प्रवास

जी 20 देशों की बैठक में नमो की भाव भंगिमा वहाँ आए अन्य राष्ट्र प्रमुखों को भारत के आत्मविश्वास का नया परिचय दे गई।

पाकिस्तान नहीं चाहता कश्मीर में बने हिंदू मुख्यमंत्री

कश्मीर—शांतिपूर्ण चुनाव कराने में नमो को छह कठिन चुनौतियाँ

स्वतंत्रता-प्राप्ति के बाद से ही कश्मीर का मुद्दा भारत और पाकिस्तान के बीच रस्साकशी का रहा है। भारत जहाँ इस खींचतान में सदाशय होकर कश्मीर के बड़े भाग को गँवा बैठा है, वहीं भारत की सदाशयता से आज पाकिस्तान कश्मीर में अशांति-अलगाव और आतंकवाद का वातावरण बनाए रखने के अपने शैतानी मंसूबे में कामयाब होता आया है। हमारे कश्मीर के शैक्षणिक, सामाजिक, सांस्कृतिक, आर्थिक और लोकतांत्रिक अवधारणाओं के विकास के प्रयासों को पाकिस्तान जनित आतंकवाद और अलगाववाद ने सदैव नष्ट-भ्रष्ट करने के दुष्प्रयास किए हैं। पाक ने कश्मीर में अपने आतंक और अलगाव की ताने-बाने को पुख्ता करने के लिए ज्यादातर जिस बात का सहारा लिया, वह है घाटी में हिंदू विरोध का माहौल बनाना और हिंदू मुसलमानों में आपसी दरार पैदा करना। हमें यह असफलता स्वीकारनी होगी कि पिछले छह दशकों के राजनैतिक नेतृत्व की अक्षमता से पाकिस्तान घाटी के मुसलमानों में हिंदू विरोधी मानसिकता पैदा करने के नापाक इरादे में पाक कामयाब रहा। अपने इन्हीं मंसूबों को पूरा करने के लिए पाकिस्तान ने घाटी में हुए चुनावों में हिंदू मुख्यमंत्री बनाने के विरोध में अभियान चला दिया था। साठ से अधिक वर्षों के कश्मीरी संघर्ष की अनेकों नाकामियाँ झेलती आ रही दिल्ली अब नमो

के नए नवेले नेतृत्व में कश्मीर में चुनाव की कठिनतम चुनौतियों से भिड़ने हेतु तैयार थी।

एक ओर जम्मू और कश्मीर में आतंकी संगठन हिजबुल मुजाहिद्दीन ने लोगों को धमकी दे दी थी कि वे आनेवाले विधानसभा चुनाव से दूर रहें। उसने पुलवामा जिले में धमकी भरे पोस्टर भी लगा दिए थे कि लोग दहशत में आ जाएँ और चुनावी प्रक्रिया से दूर रहें। इस प्रकार के धमकी भरे पोस्टरों से स्वाभाविक ही लोकतांत्रिक प्रक्रिया और सरकार को एक चुनौती प्रस्तुत हो गई थी।

दूसरी ओर बी.एस.एफ. की एक इंटेलिजेंस रिपोर्ट में कहा गया कि आतंकी जम्मू-कश्मीर के विधानसभा चुनावों में गड़बड़ी फैला सकते हैं और हिजबुल मुहाहिद्दीन, लश्कर-ए-तैयबा और जैश-ए-मोहम्मद दक्षिणी कश्मीर में सुरक्षा बलों, राजनैतिक कार्यकर्ताओं और आम नागरिकों पर आतंकी हमले कर सकते हैं। कश्मीर में तहरीक-ए-तालिबान के कमांडर मोहम्मद अब्दुल वली अलियास कुरैशी द्वारा 22 आतंकी दस्तों को तैयार करके रखना भारतीय सेना और प्रशासन दोनों के लिए एक चुनौती बन गया था।

तीसरी चुनौती यह थी कि हाल ही में जब पिछले माह कश्मीर में विधानसभा चुनाव की प्रक्रिया प्रारंभ हुई, तब पाकिस्तान तुरंत सक्रिय हो उठा। पाक ने अपनी शैतानी अलगाववादी योजना पर और तेज काम प्रारंभ किया और अलग-अलग मोर्चों पर भारत विरोधी अभियान को हवा देनी शरू कर दी। पाकिस्तान प्रेरित ये बाह्य आतंकवादी और भारत के ये कथित आंतरिक अलगाववादी कतई नहीं चाहते थे कि कश्मीर में कभी कोई हिंदू मुख्यमंत्री शासन सँभाले।

चौथी चुनौती हैरतंगेज ढंग से हमारे अंदरूनी हिस्से से ही आई है, और इसी क्रम में कश्मीर की पीपल्स डेमोक्रेटिक पार्टी के एक नेता ने जम्मू-कश्मीर में हिंदू मुख्यमंत्री बनने की आशाओं को अभिशाप बताकर एक राष्ट्रीयता विरोधी विवाद खड़ा कर दिया था। पी.डी.पी. नेता पीर मंसूर ने घाटी के बाशिंदों से उन राजनैतिक पार्टियों को वोट नहीं देने की अपील की, जो सत्ता में आने पर जम्मू-कश्मीर में एक हिंदू मुख्यमंत्री को शासन के लिए बैठा देंगी। पाकिस्तान के कश्मीर में हिंदू मुख्यमंत्री नहीं बनने देने के अभियान को भड़काते हुए

पी.डी.पी. के विधायक पीर मंसूर अपने अंधे हिंदू विरोध को सार्वजनिक रूप से कट्टरतापूर्वक प्रदर्शित करते हुए आपसी सद्भाव की सीमाओं को तहस-नहस कर दिया। देश के प्रमुख राजनैतिक दल भाजपा और कांग्रेस दोनों को ही ऐसा कहनेवाले दल और व्यक्ति की सार्वजनिक निंदा-भर्त्सना करना चाहिए जो लोगों से अपील करे कि उन पार्टियों को वोट नहीं दें, जो हिंदू मुख्यमंत्री थोप दे। पी.डी.पी. नेता का यह कहना कि हिंदू मुख्यमंत्री जम्मू-कश्मीर के लिए एक अभिशाप होगा, उनके लोकतांत्रिक मूल्यों और भारतीय संविधान में अनास्था और अविश्वास को प्रकट करने और कहनेवाले के विरुद्ध प्रकरण पंजीबद्ध कर चुनाव लड़ने से अयोग्य ठहराने का समुचित आधार है। जम्मू और कश्मीर के अवाम को गंभीरता से मंसूर के कहे को बेहद गंभीरता से लेना चाहिए कि कि कश्मीर में मुसलिम बहुसंख्यक हैं और केवल इसी समुदाय का कोई व्यक्ति शासन कर सकता है! पी.डी.पी. नेता और इस प्रकार की भावना रखनेवाले अन्य नेता और राजनैतिक दल निश्चित तौर पर पाकिस्तानी पिट्ठू ही हैं, जो कि पाक के हितों को अपने सर-आँखों पर उठाए चलते हैं।

जम्मू-कश्मीर के प्रारंभ में चुनावी अभियान में भा.ज.पा. अपने पुराने प्रदर्शन से बहुत आगे की बढ़त बनाए हुए थी। नरेंद्र मोदी और उनके हनुमान अमित शाह ने कश्मीर के प्रमुख राजनैतिक दलों नैशनल कॉन्फ्रेंस, पी.डी.पी. और कांग्रेस तीनों के सामने अपने प्रदर्शनों और प्रशासनिक सहृदयता (खास तौर से बाढ़ पीड़ितों को मदद के मामलों में) से एक लंबी लाइन खींच दी। नरेंद्र मोदी और अमित शाह की जोड़ी द्वारा खींची गई इस लंबी लाइन से वहाँ राजनैतिक दल ऐसे घबराए गए कि कोई 'हिंदू कश्मीर का मुख्यमंत्री न बनने पाए' का खतरनाक शेर उन्होंने पिंजरे से बाहर छोड़ दिया है। पाक प्रेरित शक्तियाँ हिंदू मुख्यमंत्री को लेकर विधवा प्रलाप करें तो कोई बात नहीं, किंतु स्वयं भारतीय संविधान से बँधे और उसकी कसमें खानेवाले लोग ही ऐसा करें तो यह तो देशद्रोह ही माना जाना चाहिए। नैशनल कॉन्फ्रेंस ने इसका कोई विरोध नहीं किया और कांग्रेस भी ऐसे गूँगे गुड्डों और गुड़ियों की पार्टी बन गई कि उसने भी अब तक पी.डी.पी. नेता की इस बात का विरोध न करके जैसे कश्मीर में हिंदू मुख्यमंत्री नहीं बन सकता का मौन समर्थन ही कर दिया था।

हालाँकि बी.जे.पी. ने मंसूर के इस बयान पर सख्त विरोध प्रकट किया है किंतु चुनावों के मौसम में ऐसी बातों का जवाब राजनैतिक दल भाजपा को नहीं बल्कि आम जनता और जम्मू-कश्मीरी अवाम के लोगों को देना चाहिए। राष्ट्रीय एकता के खिलाफ आग उगलनेवाले ऐसे लोगों को संविधान जो सजा दे सो दे, किंतु कश्मीर की जनता ऐसी प्रत्येक पार्टी का विरोध करे और ऐसी भाषा बोलनेवाले प्रत्येक व्यक्ति का बहिष्कार करके कश्मीर में एक नया इतिहास रच दे, यही शेष भारत को कश्मीरियत का तोहफा होता।

कश्मीर के चुनाव को देखते हुए पाकिस्तान कश्मीर सीमा के आस-पास विशेष तौर से संघर्ष विराम की घटनाओं में तेजी ले आया। बह संयुक्त राष्ट्र में भारत के विरुद्ध अपीलें करने की कूटनीति (असफल) के साथ-साथ सैन्य क्षेत्रों में भी काररवाइयाँ कर रहा था। पुंछ जिले में नियंत्रण रेखा के पास के क्षेत्रों में 40 सीमावर्ती चौकियों और आसपास के 25 इलाकों पर भारी मोर्टार से हमले किए गए।

भारत की चिंताग्नि में घी डालने का काम करते हुए चीन ने भारत-पाक सीमा पर पाकिस्तानी सैनिकों को सैन्य प्रशिक्षण देना प्रारंभ कर दिया था। बी.एस.ए की खुफिया एजेंसी ने अपनी रिपोर्ट में कहा कि राजौरी सेक्टर के पार भारत सीमा पर बेहद आगे आकर चीन द्वारा पाकिस्तानियों को यह प्रशिक्षण देने का संवेदनशील और भारतीय दृष्टि से खतरनाक काम किया जा रहा है। खुफिया एजेंसी ने यह आशंका प्रकट की कि ये चीन प्रशिक्षित आतंकी चुनावी दिनों में भारत में प्रवेश करके दहशत की घटनाओं को अंजाम दे सकते हैं।

उस समय देश में ऐसा चुनौती पूर्ण वातावरण बन गया था कि इन सब खतरों और षड्यंत्रों के मद्देनजर यदि मोदी सरकार जम्मू-कश्मीर में विधानसभा चुनाव शांति से सफलतापूर्वक करा लेगी, यह एक दूभर और दुष्कर कार्य के सफल हो जाने जैसा ही होगा। इस सबके बाद भी नमो ने जम्मू-कश्मीर में ऐतिहासिक प्रतिशत का शांतिपूर्ण मतदान कराकर इस चुनौती को समाप्त कर दिया। किंतु एक बात जो शूल बनकर उभरी और जिसे समाप्त किया जाना अभी बाकी है, वह यह कि कश्मीर में हिंदू मुख्यमंत्री नहीं बन सकता। □

फीजी, म्याँमार, आस्ट्रेलिया दौरा और जी 20

ऑस्ट्रेलिया में आयोजित जी 20 देशों की बैठक के साथ-साथ नमो फीजी, म्याँमार का भी प्रवास किया। सिडनी में खचाखच भरे आल्फोंस एरिना में मोदी के भाषण के समय वहाँ नारे लगे मोदी यू आर रॉकस्टार वी लव यू मोदी, ये पहले तो अकल्पनीय लगता था। साढ़े चार लाख भारतीयों की बसाहट वाले और चालीस हजार भारतीय विद्यार्थियों के आवासवाले ऑस्ट्रेलिया में मोदी का जादू कुछ इस प्रकार चला कि वहाँ इस अवसर पर भारतीयों से सवार एक स्पेशल ट्रेन चलाई गई, जिसका नाम 'मोदी एक्सप्रेस' रखा गया।

फीजी में लगभग 37 प्रतिशत निवासी भारतीय मूल के हैं। यहाँ के अधिकांश भारतीय 19वीं सदी में श्रमिकों के तौर पर फिजी आए थे। पिछले 33 सालों में यह किसी भारतीय प्रधानमंत्री की पहली फिजी यात्रा है। यहाँ पूर्व निर्धारित कार्यक्रम के अनुसार नमो ने सिविल सोसाइटी के लोगों से मुलाकात की। फीजी नेशनल यूनिवर्सिटी में आयोजित इस कार्यक्रम में मोदी ने सिविल सोसाइटी के प्रतिनिधियों को संबोधित किया।

मोदी ने इस अवसर पर कहा कि भारत सिर्फ भारत का विकास नहीं चाहता, बल्कि सहयोगी देशों के साथ संपूर्ण विश्व के समग्र विकास की परिकल्पना कर रहा है।

नमो ने जहाँ जी 20 देशों की बैठक में अपनी अलग पहचान बनाई, वहीं फीजी व म्याँमार में भी सहयोग-सहमति तथा तकनीक-व्यापार में अनूठा आगे बढ़ता वातावरण तैयार किया। □

दिसंबर 2014

धर्मांतरण कानून पर चुप क्यों शकुनि राजनीतिज्ञ?

दिसंबर में देश भर में हिंदूवादी संगठनों के ऊपर आक्षेप करने मात्र के मंतव्य से मीडिया, समाज, और राजनीति में धर्मांतरण पर अनावश्यक वितंडा खड़ा किया गया। धर्मांतरण पर प्रस्तुत कुछ विधि सम्मत और नैतिक प्रश्नों पर देश के धर्म-निरपेक्ष दल अनुत्तरित हुए और बगले झाँकने की स्थिति में आ गए।

रामलला ईलायची दाना देख तिरपाल में रहें
लोग खाए लड्डू व महलों में रहे, नाबरदाश्त!

—हाशिम अंसारी

अयोध्या जन्मभूमि प्रकरण में मुसलिम पक्ष के प्रारंभ से ही पैरोकार रहे हाशिम अंसारी ने जब यह बात कही, तब पूरा देश सकते में आ गया था!

नमो सरकार के सामने अयोध्या का प्रश्न एक चुनौती है, जिसे, उसे देर-असबेर हल करना ही है।

धर्मांतरण कानून पर चुप क्यों शकुनि राजनीतिज्ञ?

हिंदुओं के धर्मांतरण को लेकर सदैव मुँह में दही जमा लेनेवाले तथाकथित विकसित, सेकुलर, बुद्धिजीवी और प्रगतिशील समाज (स्वयंभू) की स्थिति इस देश में विचित्र बन पड़ी, जब धर्मांतरण विरोधी कानून बनाने का विषय सामने आने लगा। साँप-छछूंदर की गति जो अब इनकी बन पड़ी है, उसके विषय में इस अल्पदृष्टि किंतु गिद्ध समाज ने कभी सोचा भी न था। इनकी दृष्टि में तो भारतीय हिंदू समाज दिन-प्रतिदिन दयनीय स्थिति में और रसातल में जानेवाला एक समाज था, जो इनकी दया-दृष्टि पर ही जीवित रहनेवाला था! इस भरतभूमि के मूल्यों, आदर्शों, परंपराओं, मेलों, रथों, मठ, आश्रमों, मंदिरों, ग्रंथों, प्रतीकों, चिह्नों और जन्मभूमि की किसी भी बात को सिरे से नकार देता था यह तथाकथित विकसित समाज! धर्मांतरण की बात पर भी इस तथाकथित विकसित समाज का आचरण कभी स्पष्ट नहीं रहा। धर्मांतरण हो रहा है, होने दीजिए! इसाई, मुसलिम समाज के लोग धर्मांतरण करा रहे हैं, कराने दीजिए! सेवा-स्वास्थ्य-शिक्षा के नाम पर, उपहार-नौकरी-नगदी के नाम पर, कन्या अपहरण-दबाव बनाकर, लव जिहाद करके, जैसे भी हुआ, पर इस देश में हिंदुओं का ईसाई, मुसलिम मत में धर्मांतरण खूब हुआ और बहुतायत से बहुधा हुआ है। नहीं हुआ तो उन लोगों का स्वर नहीं फूटा और शब्द नहीं निकले, जिनके बोल अब सामने आने लगे हैं! इन तथाकथित शकुनियों, राजनीतिज्ञों ने जिन विधर्मियों को अपना भानजा बनाकर पाला-पोसा है, वो तो

दुर्योधन-दुशासन से भी अधिक कलंकित और कलुषित सोचवाले लोग हैं, वे समय आने पर और ओवैसियों के चक्कर में इन शकुनी मामाओं को भी पानी में घोल के पी जाएँगे।

हिंदू प्रेरित धर्मांतरण के संबंध में एक बात स्पष्ट समझ लेना चाहिए कि हिंदू समाज या सनातनी धर्म में धर्मांतरण जैसा कभी कोई शब्द या परंपरा अस्तित्व में नहीं रही। वहीं ईसाई और मुसलमान समाज में धर्मांतरण कराना एक धार्मिक कृत्य के रूप में गिना जाता है। समस्त धर्मों में केवल हिंदुत्व ही धर्मांतरण का समर्थन नहीं करता और केवल इस धर्म में धर्मांतरण के लिए कोई रस्म मौजूद नहीं है, यह अकाट्य और तथ्यात्मक बात है। यह स्पष्ट रूप से परिभाषित नहीं है कि कोई व्यक्ति हिंदू कब बनता है, क्योंकि हिंदुत्व ने कभी भी दूसरे धर्मों को अपने प्रतिद्वंद्वियों के रूप में नहीं देखा। वस्तुतः हिंदू होने के लिए व्यक्ति को हिंदू के रूप में जन्म लेना पड़ता है और यदि कोई व्यक्ति हिंदू के रूप में जनमा है, तो वह सदा के लिए हिंदू ही रहता है।

उपजी हुई नई परिस्थितियों के खतरे में कुछ दशकों से ही धर्मांतरित हिंदुओं की घर वापसी की प्रक्रिया प्रारंभ हुई है। यह प्रतिक्रियात्मक प्रक्रिया है, जो क्षुब्ध हिंदू समाज को परिस्थिति वश अपनानी पड़ी है। धर्मांतरण के दंश से डसनेवाले ईसाइयों और मुसलिमों से उपजा हिंदू समाज का यह दुःख कोई नया नहीं है; 23 अप्रैल, 1931 को 'यंग इंडिया' में महात्मा गांधी ने लिखा था—

"विश्वास करना और उनका सम्मान करना। इसका अर्थ है, सच्ची विनयशीलता…मेरा मानना है कि मानवतावादी कार्य की आड़ में धर्म-परिवर्तन रुग्ण मानसिकता का परिचायक है। यहीं लोगों द्वारा इसका सबसे अधिक विरोध होता है। आखिर धर्म नितांत व्यक्तिगत मामला है। यह हृदय को छूता है मैं अपना धर्म इस वजह से क्यों बदलूँ कि ईसाई मत का प्रचार करनेवाले उस डॉक्टर का धर्म ईसाई है, जिसने मेरा इलाज किया है? या डॉक्टर मुझसे यह उम्मीद क्यों रखे कि मैं उससे प्रभावित होकर अपना धर्म बदल लूँगा?"

फिर समाचार-पत्र 'हरिजन' में महात्मा गांधी ने 5 नवंबर, 1935 को लिखा—

"यदि मेरे पास शक्ति है तथा मैं इसका प्रयोग कर सकता हूँ तो मुझे

धर्म-परिवर्तन को रोकना चाहिए। हिंदू परिवारों में मिशनरी के आगमन का अर्थ वेशभूषा, तौर-तरीके, भाषा, खान-पान में परिवर्तन के कारण परिवार का विघटन है।''

सन् 1935 में एक ईसाई नर्स ने गांधीजी से पूछा था कि क्या आप मतांतरण के लिए मिशनरियों के भारत आगमन पर रोक लगा देना चाहते हैं? इसके जवाब में उन्होंने कहा था, अगर सत्ता मेरे हाथ में हो और मैं कानून बना सकूँ, तो मैं मतांतरण का यह सारा खेल ही बंद करा दूँ!''

फिर 30 जून, 1937 के 'हरिजन' में महात्मा गांधी ने लिखा—

''आज भारत में और अन्य कहीं भी धर्मांतरण की शैली के साथ सामंजस्य बिठाना मेरे लिए असंभव है। यह ऐसी गलती होगी, जिससे संभवत: शांति की ओर विश्व की प्रगति में बाधा आएगी। यदि हिंदू भला आदमी है या धर्मपरायण है तो वह इससे संतुष्ट क्यों नहीं हो पाता?''

धर्मांतरण की पीड़ा से आहत महात्मा गांधी ने स्वयं स्वीकार किया था कि अन्य धर्म में धर्मांतरित हो जाने पर हिंदू जन प्राय: राष्ट्र के विरोधी और यूरोप के भक्त बन जाते हैं।

गांधीजी ने अपने बाल्यकाल में ही धर्मांतरण की यह पीड़ा अपने हृदय में अंकित कर ली थी, जब वे स्कूलों के बाहर मिशनरियों को हिंदू देवी-देवताओं के लिए अपशब्दों भरे आख्यान सुनते थे। बहुत अध्ययन के बाद उन्होंने चर्च के मत-प्रचार पर प्रश्न खड़ा करते हुए कहा था, यदि वे पूरी तरह से मानवीय कार्यों और गरीबों की सेवा करने के बजाय डॉक्टरी सहायता, शिक्षा आदि के द्वारा धर्म-परिवर्तन करेंगे तो मैं उन्हें निश्चय ही चले जाने को कहूँगा। उन्होंने कहा था कि भारतीय का राष्ट्रधर्म अन्य राष्ट्रधर्मियों की भाँति ही श्रेष्ठतम है। यहाँ प्रचलित मान्यताएँ, परंपराएँ और धर्म श्रेष्ठ हैं और हमें किसी अन्य नए धर्म या मत की आवश्यकता कतई नहीं है।

वस्तुत: महात्मा गांधी विवेकानंद के उन शब्दों की आत्मा को पहचान गए थे, जो स्वामी विवेकानंद ने इस धर्मांतरण के काले नाग के विषय में भारतीय समाज को जाग्रत् करते हुए कहे थे कि जब हिंदू समाज का एक सदस्य मतांतरण करता है तो समाज की एक संख्या कम नहीं होती, बल्कि

हिंदू समाज का एक शत्रु बढ़ जाता है।

आज कांग्रेस और अन्य विपक्षी दलों में बैठे दलों को यह तथ्य समझाना और गले उतारना होगा कि भारत में योजनाबद्ध तरीके से धर्मांतरण की मुहिम चलाने की रणनीति अपनाई जा रही है। आँकड़े की सुनें तो तथ्य है कि भारत में चार हजार से ज्यादा मिशनरी ग्रुप सक्रिय हैं, जो धर्मांतरण की जमीन तैयार कर रहे हैं। त्रिपुरा में एक प्रतिशत ईसाई आबादी थी, जो एक लाख तीस हजार हो गई है। अरुणाचल प्रदेश में 1961 में दो हजार से कम ईसाई थे, जो आज बारह लाख हो गए हैं और कमोबेश ऐसी ही कहानियाँ देशभर के अन्य क्षेत्रों के संदर्भ में भी बनती जा रही हैं। आखिर 1500 वर्षों पूर्व तक सौ प्रतिशत हिंदू वाला देश आज 65 प्रतिशत हिंदुओं का कैसे हो गया। ये षड्यंत्र हिंदुओं को खत्म कर देने कलंकित प्रयास नहीं तो और क्या हैं? तथाकथित नैतिकता और मानवाधिकार का फटा ढोल पीटनेवाला ईसाई समाज और मोहम्मद पैगंबर साहब के आदर्शों पर चलने की कसमें खानेवाले डायर-डलहौजी जैसे वायसराय अंग्रेज, गौरी, गजनी, चंगेज, बाबर जैसे लोगों ने किस नैतिकता का पालन किया था। हिंदुस्तान में आक्रांता के रूप में आए बाबर के नाम पर दिल्ली की सड़कों का नाम होना आज भी हमें पंद्रहवी शताब्दी में ले जाकर खड़ा करता है और ऐसे ही कुछ और कारणों को मिलाकर हमारी भारतीय मानसिकता का संकर या विवर्ण विकास हुआ है, जो हमें आज धर्मांतरण के विरुद्ध ठोस और कड़ा कानून बनाने से रोकता है। समय आ गया है कि जिस धर्मांतरण ने इस शांतिप्रिय और वसुधैव कुटुंबकम् का घोष वाक्य देनेवाले देश को झंझावातों में ला खड़ा किया है, उस धर्मांतरणकारी कृत्य की परिभाषाएँ, सीमाएँ, शैली और वर्ग तय हो जाएँ। सुनिश्चित हो जाए कि भारत का संपूर्ण हिंदू समाज और खास तौर से वंचित व जनजातीय समाज इनके बहलावे, फुसलाने, शिक्षा-स्वास्थ्य-सेवा, कन्या अपहरण, लव जिहादों जैसे दबावों से मुक्त रहे और भयहीन जीवन जिए।

□

रामलला ईलायची दाना देख तिरपाल में रहें, लोग खाए लड्डू व महलों में रहे, नाबरदाश्त!

—हाशिम अंसारी

अयोध्या के राम जन्मभूमि स्थल पर भव्य मंदिर निर्माण का कार्य अब अपनी पूर्णता की ओर देख रहा है। दो दशक पहले जिस विवादित बाबरी ढाँचे का विध्वंस हुआ, उसके स्थान पर रामलला तो विराजित हो गए किंतु आज तक 22 वर्षों के पश्चात् भी वहाँ पक्का मंदिर नहीं बन पाया है और देश के एक सौ दस करोड़ हिंदुओं के आराध्य, आदर्श और आशाओं के केंद्र रामलला एक तिरपाल से बने टेंट में ही विराजे हुए हैं। इस वर्ष बाबरी विध्वंस के ऐन दो दिन पहले राम मंदिर-बाबरी मसजिद प्रकरण के महत्त्वपूर्ण और सबसे पुराने पैरोकार हाशिम अंसारी ने राम मंदिर निर्माण के पक्ष में अपनी राय व्यक्त करके इस जाग्रत् और महत्त्वपूर्ण विषय को एक नए कोण से छेड़ दिया है।

न्यायालय में चल रहे प्रकरण में मुसलिम पक्ष की ओर से पिछले लगभग पैंसठ वर्ष से भूमिका निभा रहे और पचास वर्षों से पक्षकार रहे हाशिम अंसारी ने कहा कि रामलला इलायची दाना (प्रसाद की मीठी चिरौंजी) खाएँ और तिरपाल में रहें और राम मंदिर के नाम पर राजनीति करके सत्ता भोग रहे लोग लड्डू खाएँ, और महलों में रहें, यह उन्हें अब और बरदाश्त नहीं होगा।

हाशिम अंसारी ने इस आशय की बात भी कही कि वे चाहते हैं कि राममंदिर भूमि पर अब भव्य राम मंदिर निर्माण हो जाए। हाशिम ने जो कहा, उसके संवैधानिक मायने, कानूनी पक्ष और न्यायालीन परिणाम तो कानूनविद् ही जानें, किंतु व्यावहारिक परिणाम और संदेश बड़े ही स्पष्ट हैं।

हाशिम अंसारी के इस नए बयान के आलोक से इस केस के कानूनी पक्ष का मार्ग प्रशस्त होगा, इस पर तो संशय ही है, किंतु देश का मुसलिम समुदाय हाशिम अंसारी के इस बयान से प्रेरणा ले और मुख्य धारा में आ जाए तो निश्चित ही उनका यह बयान सार्थक होगा! हाशिम के इस कथन से मुसलिम पक्ष के उन कट्टरवादियों को झटका लगा है, जो मंदिर निर्माण में रोड़े डालने के नाम पर ही अपनी राजनैतिक दुकानें चलाते रहे हैं।

नमो के प्रधानमंत्रित्व के प्रथम वर्ष में हिंदू पक्ष की ओर से जन्मभूमि का यह ज्वलंत प्रश्न अपने मौन रूप में रहा। अयोध्या के विकराल प्रश्न के उत्तर खोजते हिंदू समाज द्वारा व्यथा, वेदना और संत्रास भरे मौन के साथ चलते रहने को विस्मृत करना नहीं समझना चाहिए। इन वर्षों में जन्मभूमि निर्माण की जा रही असहनीय प्रतीक्षा को हिंदू समाज किस रूप में और किस भाव से प्रकट करेगा, यह भी एक ब्रह्म प्रश्न ही है। इन प्रश्नों के साथ समानांतर चल रही नमो सरकार को आज नहीं तो कल, इन प्रश्नों प्रत्यक्षतः से दो-चार होकर आमने-सामने की भूमिका में आना ही होगा।

□

जनवरी 2015

संदर्भः साक्षीजी महाराज/चार बच्चें

मोदीजी को निष्कंटक शासन करने दें !

साक्षीजी महाराज के चार बच्चों वाले वक्तव्य पर और इसके पूर्व के कुछ अनावश्यक और अनुत्पादक विषयों पर उपजे विवादों ने नमो सरकार को रक्षात्मक स्थिति में ला खड़ा किया। यद्यपि ये सारे विषय भाजपा के विचार मूल से जुड़े हुए थे, किंतु देश, काल, परिस्थिति इन विषयों को बहस के धरातल पर रखने योग्य नहीं थी। हिंदुत्व के विषयों पर होम वर्क किए बिना व पूर्व व्यूह रचना किए बिना बोलना, हिंदू विषयों के लिए घातक सिद्ध हुआ!

अब प्राथमिकता हो कश्मीरी पंडित पुनर्वास

कश्मीर में कश्मीरी ब्राह्मणों के पुनर्वास को सदा से प्रतिबद्ध भाजपा के लिए, यह आगे देखने से अधिक करने का समय था। यद्यपि इस समय तक कश्मीर में भाजपा सत्तारूढ़ नहीं हुई थी, तथापि पंडितों के कश्मीर से रक्तजनित विस्थापन के पच्चीस दुखद वर्ष पूर्ण होने पर दिल्ली में बैठी नमो सरकार से आशाएँ बड़ी हैं!

ओबामा का गणतंत्र दिवस पर दिल्ली आना

ऐसा प्रथम अवसर हुआ, जब कोई अमेरिकी राष्ट्रपति दूसरी बार भारत आया हो या राष्ट्रीय पर्व में सम्मिलित हुआ हो! इस घटना से विश्व भर में भारतीय नेतृत्व के प्रति विश्वास व सम्मान में वृद्धि हुई।

संदर्भ : साक्षीजी महाराज/चार बच्चे

मोदीजी को निष्कंटक शासन करने दें!

इस देश में आठ सौ वर्षों बाद आए हिंदुत्व ध्वजाधारी के शासन को यदि निष्कंटक चलने देना हो तो हिंदुत्ववादी पूज्य संतों, जन-प्रतिनिधियों और नेताओं को भी अपने विषयों, मुद्दों, कथनों को तनिक राजनैतिक, कूटनीतिक, राजनयिक और चाणक्य शैली में ही रखना होगा। पूज्य संत और जन-प्रतिनिधि हिंदुत्व के विषयों को स्वर दें, धारदार दें, पुरजोर दें, किंतु तनिक अपनी शैली को लोकतांत्रिक मूल्यों के अनुरूप ढालें और मोदीजी को बड़ी संख्या में मतदान करनेवाले बेहद संघर्षरत और जद्दोजहद भरे शहरी मतदाताओं की मानसिकता से भी तारतम्य बैठाते चलें, यह आवश्यकता उपजी है! लगा कि यही वह मार्ग होगा, जिससे सवा सौ करोड़ हिंदुस्थानियों की आशा के केंद्र बने नमो इस देश को विकास-पथ पर अग्रसर भी करा पाएँगे और हिंदुत्व के मुद्दों को भी शनैः-शनैः विजयपथ पर अग्रसर करा पाएँगे। अनावश्यक और थोथे तात्कालिक भाषणों से वे नमो की राह को तो कंटकाकीर्ण कर ही रहे हैं, साथ-साथ अनजाने में हिंदुत्ववादी मुद्दों और विषयों के प्राण भी क्षीण कर रहे हैं! इस देश के चिंतन-मनन संस्थान अब यदि राष्ट्रवाद की आवश्यकताओं के चलते इस देश के परिवारों से अधिक बच्चे चाहते हैं तो यह लक्ष्य सामान्य मंचों से तात्कालिक अवसरों पर तात्कालिक भाषणों को पिलाने से नहीं मिलनेवाला! अपितु परिस्थितिवश इससे इस विषय का उपहास ही उड़नेवाला है और विवाद भी होनेवाला है। गंभीर विषयों पर, राष्ट्र की सोच और मानसिकता बदलनेवाले

दीर्घकालीन विषयों पर चिरंतन चिंतन-मनन-प्रबोधन हो। देहाती और नगरीय समाज में आई दूरियों और सोच के अंतर के अनुरूप ही उनके सामने छोटे-छोटे प्रबोधन रखे जाएँगे तो ही इस प्रकार के विषय समाज में गर्भस्थ हो पाएँगे और एक बलिष्ठ-दीक्षित हिंदू समाज का भ्रूण जम पाएगा, अन्यथा तो तात्कालिक और अल्प सोच के भाषण होंगे, विवाद होंगे, वितंडे होंगे, फिर क्षमा होगी, और हिंदू समाज तेज-दर-तेज गति से गर्त में जाता ही रहेगा। नेता-सांसद-विधायक हो गए पूज्य संतों को यह स्वीकार कर लेना चाहिए कि उनकी भाषण क्षमता विकसित भले ही हो गई हो, किंतु प्रबोधन और समाज को दीक्षित करने की उनकी क्षमता राजनीति में जाने के बाद सीमित, सापेक्षिक और सांदर्भिक हो जाती है।

देखा यह जा रहा है कि पिछले महीनों में हिंदुत्व के मुद्दों पर जनप्रतिनिधि जब-जब मुखर हुए हैं, तब-तब उनके द्वारा व्यक्त विषयों की हितचिंता कम, छीछालेदारी अधिक हुई है! हिंदुत्व के संवेदनशील मुद्दों पर बोलते समय जनप्रतिनिधि कानून या जनप्रतिनिधि की लोकलाज दोनों से ही ऐसी परिस्थितियाँ निर्मित होती हैं कि वक्ता को अपने प्रखर हिंदुत्व कथन के सटीक और सत्य होते हुए भी उस पर क्षमा माँगनी पड़ती है।

नमो सत्ताधारी क्या हुए, प्रसारण माध्यमों ने हिंदुत्व के मुद्दों पर भाषण करनेवाले प्रखर हिंदुत्व के वक्ताओं, संत नेताओं और जन-प्रतिनिधियों के पीछे जैसे एक संवाददाता टोली पृथक् या एक्सक्लूसिव रूप से लगा दी है। सत्तारूढ़ भाजपा का कोई एक व्यक्ति किसी साधारण से कार्यक्रम में भी जाए और कुछ बोले नहीं कि उसका वितंडाकरण और प्रपंचीकरण हुआ नहीं! हिंदुत्ववादी जनप्रतिनिधियों और नेताओं को समझना होगा कि टी.आर.पी. की भूखी प्रसारण माध्यमों की बड़ी सेना उसकी एक-एक चूक, भूल और विवादित शब्द की प्रतीक्षा कर रही है। ऐसा नहीं है कि हिंदुत्व के मुद्दों पर इस देश में इस प्रकार के वक्तव्य, कटाक्ष या बयानबाजी प्रथम बार हो रही है, ऐसा सदा होता रहा है; किंतु अब चूँकि नमो केंद्र में सरकार चला रहे हैं तो स्वभावतः ही इन मुद्दों, बोलों, कटाक्षों और उक्तियों पर चर्चा देश भर में तपेगी।

हिंदू संत के रूप में सुस्थापित और उन्नाव से भाजपा सांसद साक्षीजी

महाराज ने जब महात्मा गांधी के हत्यारे नाथूराम गोड़से को देशभक्त बताने का वितंडा खड़ा किया था तब का उनका अनुभव उनके साथ है! संसद् में उनके उस कथन से भाजपा नेताओं को जो रक्षात्मक मुद्रा अपनानी पड़ी और निर्जीव पड़ी कांग्रेस तथा अन्य विपक्षी दलों को जो आक्रामक होने की ऑक्सीजन मिली, वह भी उनकी स्मृति में होगी ही! फिर क्यों बारंबार, अनुभव से नहीं सीखने को सिद्ध करनेवाले उद्धरण आ रहे हैं। इस देश के मुझ जैसे कई हिंदुत्ववादी मुद्दों के प्रखर पक्षधर लोगों का अनुभव यह भी रहा है कि नेता प्रकार के लोग हिंदुत्व के मुद्दों पर जब-जब असावधानी से भी बोले हैं तब-तब इन मुद्दों की तीक्ष्णता, प्रखरता और प्रचंडता का ह्रास ही हुआ है। नेता तो तात्कालिक बोलते हैं और क्षमा माँग लेते हैं, किंतु उस हिंदुत्ववादी मुद्दे या विषय का दीर्घकालीन नुकसान, ह्रास और धार मट्ठी कर जाते हैं, जो मुद्दा शनैः-शनैः समाज में अपनी प्रतिष्ठा बनाता जा रहा था, वह विवादित हो जाता है; यह बात टी.आर.पी. बटोरने को उत्सुक नेताओं को समझनी होगी। स्थापित होने की दिशा में बढ़ रहे जितने भी हिंदुत्ववादी विषय आज समाज और देश में अपनी धुरी पर घूम रहे हैं या समाज में मंथन-चिंतन किए जा रहे हैं, वे विषय इस स्तर तक यों ही नहीं पहुँचे हैं; उन विषयों को समाज की सज्जन शक्ति की चेतना और संज्ञा-प्रज्ञा ने बड़े ही श्रम से इस मंथन-पीठ तक पहुँचाया होता है। एक बड़ी संख्या की राष्ट्रवादी और हिंदू हितचिंतकों की सेना जो इन हिंदुत्ववादी विषयों को चिंतन-मंथन की प्रज्ञा पीठ पर ला खड़ा कर रही है तो संपूर्ण शेष राष्ट्र का भी कर्तव्य बनता है कि वह इन विषयों का सांदर्भिक और पारिस्थितिक मूल्यांकन करे और इनकी जमावट को आरूढ़ होने की दिशा प्रदान करे। अभी की स्थिति में ठीक विपरीत हो रहा है; जमे-जमाए, सर्व स्वीकृति की ओर शनैः-शनैः बढ़ रहे विषयों पर कोई भाजपाई जन-प्रतिनिधि प्रखर हिंदुत्वादी सिद्ध होने की आकांक्षा से, अनावश्यक विलाप करके पहले तो नमो सरकार को रक्षात्मक स्थिति में ला खड़ा करता है और फिर अपनी लोकतांत्रिक आस्थाओं का बखान करते हुए क्षमा माँग लेता है। इसके बाद हाथ आती हैं दो परिस्थितियाँ, एक दिल्ली की आक्रामक स्थिति में रह सकने और चलनेवाली मोदी सरकार का सुरक्षात्मक होना और अनावश्यक बेचारगी! और दो, हिंदुत्ववादी विषय

पर चिंतन-मंथन करने के स्थान पर, तात्कालिक भाषण करने से नुचा, फटा-पिटा हिंदुत्ववादी विषय।

पिछले वर्ष नमो की केंद्र सरकार के रहते कितने ही अनुभव ऐसे आए हैं, जो स्पष्ट स्मरण में हैं किंतु जिनका उल्लेख यहाँ आवश्यक होते हुए भी नहीं कर रहा हूँ। किंतु यह सच है कि योजना और चिंतन-मंथन के बिना तात्कालिक भाषणों का शिकार हो गए ये अक्षत गौरवशाली हिंदुत्ववादी विषय एवं मुद्दे बेवजह खेद-शर्मिंदगी-क्षमा जैसे शब्दों के आस-पास गणेश-परिक्रमा करते दिखाई दिए हैं।

□

19 जून 1990 : कश्मीर पंडितों के नरसंहार और पलायन की पच्चीसवीं पुण्यतिथि

अब प्राथमिकता हो कश्मीरी पंडित पुनर्वास

कश्मीर में 19 जनवरी, 1990 को हुए बर्बर जनसंहार के बाद पच्चीस वर्षों का लंबा अंतराल बीत गया है, जिसमें दिल्ली और श्रीनगर की असंवेदनशीलता के सिवा कश्मीरी पंडितों को कुछ नहीं मिला है। कश्मीर के सर्वाधिक नए जन-सांख्यिकीय आँकड़ों पर नजर डालें तो स्वतंत्रता के समय वहाँ घाटी में 15 प्रतिशत कश्मीरी पंडितों की आबादी थी, जो आज 1 प्रतिशत से नीचे की ओर बढ़ गई है। हाल ही के इतिहास में कश्मीर के जनसंख्या आँकड़ों में यदि परिवर्तन का सबसे बड़ा कारक खोजें तो वह एक दिन यानी 19 जनवरी, 1990 के नाम से जाना जाता है। कश्मीरी पंडितों को उनकी मातृभूमि से खदेड़ देने की इस घटना की यह भीषण और बीभत्स कथा 1989 में आकार लेने लगी थी। पाकिस्तान प्रेरित और प्रायोजित आतंकवादी और अलगाववादी यहाँ अपनी जड़ें बैठा चुके थे। भारत सरकार आतंकवाद की समाप्ति में लगी हुई थी, तब के दौर में वहाँ रह रहे ये कश्मीरी पंडित भारत सरकार के मित्र और इन आतंकियों और अलगाववादियों के दुशमन और खबरी सिद्ध हो रहे थे। इस दौर में कश्मीर में अलगाववादी समाज और आतंकवादियों ने इस शांतिप्रिय हिंदू पंडित समाज के विरुद्ध चल रहे अपने धीमे और छद्म संघर्ष को घोषित संघर्ष में बदल दिया। इस भयानक नरसंहार पर फारूक अब्दुल्ला की रहस्यमयी चुप्पी और कश्मीरी पंडित विरोधी मानसिकता केवल इस घटना के समय ही सामने नहीं आई थी। तब के दौर में तत्कालीन मुख्यमंत्री फारूख अब्दुल्ला अपने पिता शेख अब्दुल्ला के कदमों पर चलते हुए अपना कश्मीरी पंडित विरोधी आचरण कई बार सार्वजनिक कर चुके थे।

19 जनवरी, 1990 के मध्ययुगीन, भीषण और पाशविक दिन के पूर्व जमात-ए-इस्लामी द्वारा कश्मीर में अलगाववाद को समर्थन करने और कश्मीर को हिंदू विहीन करने के उद्‌देश्य से हिजबुल मुजाहिदीन की स्थापना हो गई थी। इस हिजबुल मुजाहिदीन ने 4 जनवरी, 1990 को कश्मीर के स्थानीय समाचार-पत्र में एक विज्ञप्ति प्रकाशित कराई, जिसमें स्पष्टत: सभी कश्मीरी पंडितों को कश्मीर छोड़ने की धमकी दी गई थी। इस क्रम में उधर पाकिस्तानी प्रधानमंत्री बेनजीर ने भी टी.वी. पर कश्मीरियों को भारत से मुक्ति पाने का एक भड़काऊ भाषण दे दिया। घाटी में खुले आम भारत विरोधी नारे लगने लगे। घाटी की मसजिदों में अजान के स्थान पर हिंदुओं के लिए धमकियाँ और हिंदुओं को खदेड़ने या मार-काट देने के जहरीले आह्वान बजने लगे। एक अन्य स्थानीय समाचार-पत्र अल-सफा ने भी इस विज्ञप्ति का प्रकाशन किया था। इस भड़काऊ, नफरत, धमकी, हिंसा और भय से भरे शब्दों और आशयवाली इस विज्ञप्ति के प्रकाशन के बाद कश्मीरी पंडितों में गहरे तक भय, डर, घबराहट का संचार हो गया। यह स्वाभाविक भी था, क्योंकि तब तक कश्मीरी पंडितों के विरोध में कई छोटी-बड़ी घटनाएँ वहाँ सतत घट ही रही थीं और कश्मीरी प्रशासन और भारत सरकार दोनों ही उनपर नियंत्रण नहीं कर पा रही थीं।

19 जनवरी, 1990 की भीषणता और कश्मीर व भारत सरकार की विफलता को इससे स्पष्ट समझा जा सकता है कि पूरी घाटी में कश्मीरी पंडितों के घर और दुकानों पर नोटिस चिपका दिए गए थे कि 24 घंटे के भीतर वे घाटी छोड़कर चले जाएँ या इसलाम ग्रहण कर कड़ाई से इसलाम के नियमों का पालन करें। घरों पर धमकी भरे पोस्टर चिपकाने की इस बदनाम घटना से भी भारत और कश्मीरी सरकारें चेती नहीं, और परिणाम-स्वरूप पूरी घाटी में कश्मीरी पंडितों के घर धूँ-धूँ जल उठे। तत्कालीन मुख्यमंत्री फारूक अब्दुल्ला इन घटनाओं पर रहस्यमयी आचरण अपनाए रहे, वे कुछ करने का अभिनय करते रहे और कश्मीरी पंडित अपनी ही भूमि पर ताजा इतिहास की सर्वाधिक पाशविक-बर्बर-क्रूरतम गतिविधियों का खुलेआम शिकार होते रहे। घाटी में पहले से फैली अराजकता चरम पर पहुँच गई। कश्मीरी पंडितों के सर काटे गए, कटे सरवाले शवों को चौक-चौराहों पर लटकाया गया। बलात्कार हुए,

कश्मीरी पंडितों की स्त्रियों के साथ पाशविक-बर्बर अत्याचार हुए। गरम सलाखें शरीर में दागी गईं और इज्जत-आबरू के भय से सैकड़ों कश्मीरी पंडित स्त्रियों ने आत्महत्या करने में ही भलाई समझी। बड़ी संख्या में कश्मीरी पंडितों के शवों का समुचित अंतिम संस्कार भी नहीं होने दिया गया था। कश्यप ऋषि के संस्कारवान कश्मीर में संवेदनाएँ समाप्त हो गईं और पाशविकता-बर्बरता का बीभत्स नंगा नाच होता देखा गया था। जम्मू-कश्मीर लिबरेशन फ्रंट और हिजबुल मुजाहिदीन ने जाहिर और सार्वजनिक तौर पर इस हत्याकांड का नेतृत्व किया था। यह सब एकाएक नहीं हुआ था, हिजबुल और अलगाववादियों का अप्रत्यक्ष समर्थन कर रहे फारूख अब्दुल्ला तब भी चुप रहे थे या काररवाई करने का अभिनय मात्र कर रहे थे, जब भाजपाई और कश्मीरी पंडितों के नेता टीकालाल टपलू की 14 सितंबर, 1989 को दिनदहाड़े हत्या कर दी गई थी।

अलगाववादियों को कश्मीर प्रशासन का ऐसा वरद हस्त प्राप्त रहा कि बाद में उन्होंने कश्मीरी पंडित और श्रीनगर के न्यायाधीश एन. गंजू की भी हत्या की और प्रतिक्रिया होने पर 320 कश्मीरी स्त्रियों, बच्चों और पुरुषों की हत्या कर दी थी। ऐसी कितनी ही हृदय-विदारक, अत्याचारी और बर्बर घटनाएँ कश्मीरी पंडितों के साथ घटती चली गईं और दिल्ली सरकार लाचार देखती भर रही, उधर श्रीनगर की सरकार तो जैसे खुलकर इन आतताइयों के पक्ष में आ गई थी। इस पृष्ठभूमि में हिजबुल और जे के एल एफ का दुस्साहस बढ़ना स्वाभाविक ही था और वह निर्णायक तौर पर कश्मीरी पंडितों की दुकानों-घरों पर 24 घंटे में घाटी छोड़ देने या मार दिए जाने की धमकी के नोटिस चस्पाँ करने की हद तक बढ़ गया। इसके बाद जो हुआ वह एक दुखद, क्षोभजनक, बीभत्स, दर्दनाक और इतिहास को दहला देनेवाले काले अध्याय के रूप में सामने आया। अंततोगत्वा वही हुआ जो वहाँ के अलगाववादी, आतंकवादी हिजबुल और जेकेएलएफ चाहते थे। कश्मीरी पंडित पूर्व की घटनाओं, घरों पर नोटिस चिपकाए जाने और बेहिसाब कत्लेआम से घबराकर 19 जनवरी, 1990 को हिम्मत हार गए। फारूख अब्दुल्ला के कुशासन में आतंकवाद और अलगाववाद चरम पर आकर विजयी हुआ और इस दिन साढ़े तीन लाख कश्मीरी पंडित अपने घरों, दुकानों, खेतों, बागों और संपत्तियों को छोड़कर

विस्थापित होकर दर-दर की ठोकरें खाने को मजबूर हो गए। कई कश्मीरी पंडित अपनों को खोकर गए, अनेकों अपनों का अंतिम संस्कार भी नहीं कर पाए, हजारों तो यहाँ से निकल ही नहीं पाए और मार-काट डाले गए।

विस्थापन के बाद का जो दौर आया, वह भी किसी प्रकार से आतताइयों द्वारा दिए गए कष्टों से कम नहीं रहा कश्मीरी पंडितों के लिए। वे सरकारी शिविरों में नारकीय जीवन जीने को मजबूर हुए। हजारों कश्मीरी पंडित दिल्ली, मेरठ, लखनऊ जैसे नगरों में सनस्ट्रोक से इसलिए मृत्यु को प्राप्त हो गए, क्योंकि उन्हें गरम मौसम में रहने की आदत नहीं थी। पच्चीस वर्ष पूर्ण हुए किंतु कश्मीरी पंडितों के घरों पर हिजबुल द्वारा नोटिस चिपकाए जाने से लेकर विस्थापन तक और विस्थापन से लेकर आज तक के समय में मानवाधिकार, मीडिया, सेमीनार, तथाकथित बुद्धिजीवी, मोमबत्तीबाज और संयुक्त राष्ट्र संघ सभी इस विषय में कमोबेश बोले या नहीं, यह तो नहीं पता किंतु इन कश्मीरी पंडितों की समस्या का कोई ठोस हल अब तक नहीं निकला, यह पूरी दुनिया को पता है। यह सच से मुँह मोड़ने और शुतुरमुर्ग होने का ही परिणाम है कि कश्मीरियों के साथ हुई इस घटना को शर्मनाक ढंग से स्वेच्छा से पलायन बताया गया! इस घटना को राष्ट्रीय मनावाधिकार आयोग ने सामूहिक नर-संहार मानने से भी इनकार किया; ये घोर अन्याय और तथ्यों की असंवेदी अनदेखी है! नरेंद्र मोदी सरकार कश्मीरी पंडितों के पुनर्वास हेतु प्रतिबद्ध है और वह इस प्रतिबद्धता को दोहराती रही है। दुर्योग है कि नमो को प्रधानमंत्री बनने के बाद अवसर नहीं मिला। पहले कश्मीर में बाढ़ आ गई और फिर चुनाव आ गए, जिससे कश्मीरी पंडितों का उनका संकल्प परवान नहीं चढ़ पाया, किंतु अब समय आ गया है। पच्चीस वर्षों के इस दयनीय, नारकीय और अपमानजनक अध्याय का अंत होना चाहिए। अब कश्मीरी पंडितों का पुनर्वास हो, पुनर्प्रतिष्ठा हो, कश्मीरियत का पुनर्जागरण हो, यह आशा और विश्वास है नरेंद्र मोदी से इस देश को।

□

ओबामा का गणतंत्र दिवस पर दिल्ली आना

ऐसा प्रथम अवसर ही हुआ, जब कोई अमेरिकी राष्ट्रपति दूसरी बार भारत आया हो, और ऐसा भी प्रथम अवसर था, जब कोई अमेरिकी राष्ट्रपति भारत के राष्ट्रीय पर्व में सम्मिलित हुआ हो।

नमो तथा ओबामा के मध्य यह सहमति बनी कि भारत के प्रधानमंत्री और अमेरिका के राष्ट्रपति के बीच चौबीस घंटे हॉटलाइन हुआ करेगी। ऐसी ही हॉटलाइन दोनों देशों के राष्ट्रीय सुरक्षा सलाहकारों के मध्य स्थापित होगी। बहुत से व्यापारिक समझौतों, सहमतियों व तकनीकी आदान-प्रदान के अनुबंधों का आधार ओबामा के इस भारत प्रवास से निर्मित हुआ। ओबामा की इस भारत-यात्रा में नमो-ओबामा के मध्य जिस प्रकार की कैमिस्ट्री प्रदर्शित हुई, उससे संपूर्ण विश्व अचंभित हुआ। पाकिस्तान, चीन आदि राष्ट्र भारत के संदर्भ में अपनी भूमिकाओं की समीक्षा करते दिखे।

□

फरवरी 2015

संसद् में कश्मीर संकल्प के बाद विफल 21 वर्ष

केंद्र में भाजपा की स्पष्ट बहुमात की सरकार बनने के बाद भारत-पाकिस्तान सीमाओं, पाक के अवैध कब्जे वाला कश्मीर व गिलगित-बल्तिस्तान पर अब मुखर चर्चा हो व कश्मीर की असहज स्थिति में और अधिक वृद्धि करती धारा 370 पर विचार हो, यह स्वाभाविक ही है। 22 फरवरी, 1994 को प्रधानमंत्री नरसिम्हाराव द्वारा पारित कराए सर्वसम्मत संसदीय संकल्प पर भी वर्तमान नमो सरकार, कश्मीर राज्य की भाजपा और भाजपा के उप-मुख्यमंत्री ध्यान केंद्रित यह समीचीन है।

प्रधानमंत्री नमो का चर्च में भाषण

चर्च में चोरी आदि की घटनाओं को हमलें निरुपित किए जाने के भ्रामक समाचारों के माध्यम से देश भर में धर्म निरपेक्षता वादियों ने एक वितंडा खड़ा कर दिया था। इस मध्य ही दिल्ली के एक चर्च में प्रधानमंत्री नमो आमंत्रित किए गए। चर्च में दिए अपने भाषण में नमो ने बहुत से विषयों पर स्पष्ट बात की।

संसद् में कश्मीर संकल्प के बाद विफल पच्चीस वर्ष

भारतीय गणराज्य में जम्मू-कश्मीर राज्य का एक भिन्न प्रकार का ही स्थान रहा है। संवैधानिक स्तर पर एक भिन्न प्रावधानों वाला राज्य और भारतीय जनमानस में एक असहजता भरा राज्य! कश्मीर को असहजता से सहजता की ओर ले जाने के प्रयास बहुतेरे हुए हैं, ये प्रयास कई अवसरों पर ईमानदार और कई अवसरों पर केवल दिखावटी रहे, यह बात अलग है। वस्तुतः धारा 370 को शनैः-शनैः यहाँ से भूमिका बनाते हुए हटा लेना ही वह एकमात्र कदम होता, जिससे यह राज्य शेष भारत में व्यवस्थित ढंग से सामान्य होने की दिशा में बढ़ जाता, किंतु ऐसा कोई प्रयास अब तक तो नहीं ही हुआ।

22 फरवरी, 1994 को भारतीय संसद् में कश्मीर संबंध में एक संकल्प प्रस्तावित किया गया था, जो कि सर्वसम्मति से पारित भी किया गया था। इस प्रस्ताव में कहा गया था कि कश्मीर के जो क्षेत्र चीन द्वारा 1962 में और पाकिस्तान द्वारा 1947 में कब्जा लिये गए थे, उन क्षेत्रों को हम वापस लेकर रहेंगे और इस बारे में किसी समझौते को स्वीकार नहीं करेंगे। इस संकल्प में यह स्पष्ट रूप से कहा गया कि जम्मू-कश्मीर भारत का अभिन्न अंग है और पाकिस्तान को यह चेतावनी दी कि वह अवैध रूप से अतिक्रमण किए गए इस क्षेत्र को तुरंत खाली कर दे। वर्ष 1994 में लिये गए इस संकल्प का उद्देश्य जम्मू-कश्मीर के साथ पूरे विश्व को यह संदेश देना था कि प्रत्येक स्थिति में भारतीय सरकार जम्मू-कश्मीर के साथ है। 22 फरवरी, 1994 को पी.वी.

नरसिम्हा राव के प्रधानमंत्रित्व काल में संसद् ने जिस संकल्प को पारित किया था, बाद के वर्षों में अन्य प्रधानमंत्रियों के काल में यह प्रस्ताव धूल तले दबता जा रहा है। बाद की सरकारों ने इस प्रस्ताव के संदर्भ में प्रतिवर्ष इसका स्मरण तक करने का प्रयास नहीं किया। नरसिम्हा राव के बाद की कांग्रेस की सरकारों की अब्दुल्ला परिवार के साथ जिस प्रकार की संदेहास्पद और रहस्यमयी आपसी समझ-बूझ है, उसके कारण से इस कथित प्रस्ताव पर चर्चा-स्मरण न होना स्वाभाविक लगता है। आज आवश्यकता है कि देश इस महत्त्वपूर्ण प्रस्ताव के संदर्भ में जानें और भारतीय संसद् और संपूर्ण भारतीय राजनीति भी अपने द्वारा पारित इस प्रस्ताव की आत्मा को समझकर इस अनुरूप आचरण करे। इस प्रस्ताव में निम्नानुसार तथ्य कहे गए थे—

यह सदन पाकिस्तान और पाकिस्तान अधिकृत कश्मीर में चल रहे आतंकियों के शिविरों पर गंभीर चिंता जताता है। इसका मानना है कि पाकिस्तान की तरफ से आतंकियों को हथियारों और धन की आपूर्ति के साथ-साथ भारत में घुसपैठ करने में मदद दी जा रही है। सदन भारत की जनता की ओर से घोषणा करता है—

(1) पाकिस्तान अधिकृत कश्मीर भारतीय गणराज्य का अभिन्न अंग है और रहेगा। भारत अपने इस भाग को पुन: भारत में विलय का हर संभव प्रयास करेगा।

(2) भारत में इस बात की पर्याप्त क्षमता और संकल्प है कि वह उन अलगाववादी और आतंकवादी शक्तियों का मुँहतोड़ जवाब दे, जो देश की एकता, प्रभुसत्ता और क्षेत्रीय अखंडता के खिलाफ हों और माँग करता है कि—

(3) पाकिस्तान जम्मू-कश्मीर के उन क्षेत्रों को खाली करे, जिन्हें उसने कब्जाया और अतिक्रमण किया हुआ है।

(4) भारत के आंतरिक मामलों में किसी भी हस्तक्षेप का कठोर जवाब दिया जाएगा।

जम्मू कश्मीर से हमारा तात्पर्य केवल जम्मू, कश्मीर या लद्दाख तक सीमित नहीं है। जम्मू-कश्मीर में इन तीनों क्षेत्रों के साथ वह क्षेत्र भी आता है, जिस पर पाकिस्तान से अवैध रूप से कब्जा किया हुआ है। यह क्षेत्र है मीरपुर-

मुजफ्फराबाद और गिलगित बल्तिस्तान। इन दो क्षेत्रों के विषय में हमें जान लेना चाहिए कि विश्वविख्यात प्राचीन सिल्क रूट इस गिलगित बल्तिस्तान में ही पड़ता है। इसी सिल्क रूट के माध्यम से भारत शेष एशिया एवं यूरोप में व्यापार किया करता था। वर्तमान में यह क्षेत्र गिलगित बलूचिस्तान पाकिस्तान के अतिक्रमण किए हुए कब्जे में है और यहाँ के निवासी अब तक भी पाकिस्तानी शासन को नहीं मानते हैं। पिछले दशकों में इस क्षेत्र में किसी भी प्रकार की नागरिक सुविधाओं का विस्तार नहीं हुआ। यहाँ के नागरिक पाकिस्तानी सेना के द्वारा निरंतर नारकीय यातनाएँ भोग रहे हैं और मनावाधिकारों की धज्जियाँ उड़ रही हैं। हत्याएँ, अपहरण संपत्ति पर कब्जा इन क्षेत्रों में ठीक इसी प्रकार हो जाता है, जैसे किसी कबीले में होता है।

भारत की कश्मीर नीति में शिमला समझौते को पाकिस्तान और विश्व समुदाय एक मील-पत्थर के रूप में लेता है और यही वह कोण है, जहाँ आकर भारत फँस जाता है। राजनयिक दृष्टि से अति कुशाग्रता और हावी होते हुए यदि शिमला समझौते को व्यक्त किया जाए, तब तो इस समझौते से भारत को लाभ मिल सकता है, अन्यथा जिस प्रकार इस समझौते की ढुल-मुल व्याख्या होती रही है, उससे तो यह कश्मीर मुद्दा कण मात्र भी आगे नहीं बढ़नेवाला है। आवश्यकता है, कश्मीर पर संकल्पशील और आक्रामक भारतीय नेतृत्व की और प्रतिबद्ध केंद्र सरकार की। भारत-पाकिस्तान ने 1972 में हुए शिमला समझौते में एल.ओ.सी. को दोनों देशों के बीच सीमा के रूप में स्वीकार करने की ऐतिहासिक भूल कर ली थी। इस समझौते में जब हमारी प्रधानमंत्री इंदिरा गांधी और पाकिस्तान के जुल्फिकार अली भुट्टो ने शिमला समझौते पर हस्ताक्षर करके एल.ओ.सी. को दोनों देशों की सीमा के रूप में स्वीकार कर लिया था। पाकिस्तान पक्ष के कश्मीर विशेषज्ञ प्रश्न करते हैं कि अब हम पाकिस्तान अधिकृत कश्मीर का भारत में विलय किस तरह से कर सकते हैं? पाकिस्तानी कश्मीरी विशेषज्ञ भारत-पाक के बीच कश्मीर के मुद्दे के सुलझ जाने का दावा करते हैं और भौगोलिक नक्शों के अपरिवर्तनीय होने का दम भरते हैं। भारतीय पक्ष की दृष्टि से यहाँ यह स्मरणीय भी है और महत्त्वपूर्ण भी कि जिसे हम पी.ओ.के. कहते हैं एवं पाकिस्तान जिसे आजाद कश्मीर कहता है, वह

क्षेत्र जम्मू का हिस्सा था, न कि कश्मीर का; अत: उसे कश्मीर कहा ही नहीं जा सकता। न तो वह कश्मीर का अंश था और न ही इस रूप में उसका समझौता हो सकता था। वहाँ की लोक भाषा भी कश्मीरी न होकर डोगरी और मीरपुरी का मिश्रण है। इतिहास को यदि हम क्रमवार देखें और इन तकनीकी भूलों को आलोकित करें तो शिमला समझौते की भी समीक्षा के उजले अवसर आभासित होते हैं। और यदि हम महाराजा हरिसिंह के विलय प्रस्ताव को और उसकी भारतीय गणराज्य की ओर से की गई स्वीकृति के दस्तावेज को देखें तो इनके शब्दों में कही कोई विरोधाभास नहीं है। विलय के दस्तावेज कश्मीर के पूर्ण विलय के तथ्य को सुस्पष्ट घोषणा की स्थिति में दिखते हैं। अब इन सब परिस्थितियों में से कौन सा भारतीय प्रधानमंत्री और कौन सी सरकार राह बनाकर आगे बढ़ पाती है, यही एक प्रश्न है और प्रतीक्षा भी!

दुखद यह तथ्य भी है कि भारत-पाकिस्तान के बीच कश्मीर को लेकर परिस्थितियाँ जो सहज कभी नहीं रहीं, उनकी असहजता जस-की-तस नहीं है; परिस्थितियाँ निरंतर उलझ रही हैं और भारतीय पक्ष को कमजोर कर रही हैं। भारत कश्मीर में उस स्थिति में खड़ा है, जहाँ उसके पास खोने को बहुत कुछ है और तथ्य यह है कि हम निरंतर कश्मीर में कुछ-न-कुछ खो रहे हैं। पिछले दशकों की घटनाओं की समीक्षा करें तो यह दुखद तथ्य ही और पछतावा ही हमारे हाथ लग रहा है, कोई उपलब्धि नहीं। पाक कब्जेवाले कश्मीर में चीन की नई उपस्थिति इस कड़ी में एक बड़ी और कठिन गाँठ के रूप में हम भारतीयों के समक्ष है। पाक और चीन के बीच पी.ओ.के. में निर्माण कार्यों को लेकर आठ समझौते हो चुके हैं, जिन्हें न रोक पाना भारतीय राजनयिक विफलता की एक बड़ी कहानी है। चीन और पाकिस्तान पी.ओ.के. से होते हुए एक 200 कि.मी. लंबी सुरंग का निर्माण कर रही है, जिस पर 18 अरब डालर का भारी भरकम खर्च होना है। अब इस महत्त्वपूर्ण गलियारे में इस सुरंग के माध्यम से चीन की उपस्थिति भारत के लिए एक नई समस्या के रूप में है। इस सुरंग से चीन के कई दीर्घकालिक सैन्य, आर्थिक और सामरिक लक्ष्य सिद्ध होंगे और इन सभी मोर्चों पर उसके हित भारतीय हितों की कीमत पर फलित होंगे, यह भी सत्य है। चीन पहले से ग्वादर बंदरगाह के माध्यम से इस क्षेत्र में हावी था,

अब यह सुरंग अरब सागर में पाकिस्तान के ग्वादर बंदरगाह को चीन में काशगर से जोड़ेगी। इस सुरंग से चीन पश्चिम एशिया और स्टेट ऑफ हरमुज तक सहजता और सरलता से पहुँचेगा। यही वह मार्ग है, जहाँ से दुनिया के एक तिहाई तेल उत्पादन का परिवहन होता है। केवल यही नहीं अपितु और भी दसियों चिंताएँ हैं, जो पिछले वर्षों में भारत-पाक के बीच पी.ओ.के. को लेकर बढ़ गई हैं। अब इन चिंताओं का निवारण कैसे हो और नई चिंताओं का जन्म लेना किस प्रकार रुके, यह एक यक्षप्रश्न है वर्तमान केंद्र सरकार के सामने।

□

प्रधानमंत्री नमो का चर्च में भाषण

नमो के प्रधानमंत्री बनने के बाद से ही भारत के धार्मिक वातावरण की प्रत्येक छोटी-बड़ी घटना को दिल्ली की सरकार से जोड़कर देखना भारतीय मीडिया का एक शगल बन गया है। इस अप्रिय से शगल के फेर में भारतीय मीडिया का विरूप और कुरूप चेहरे का अनावरण बहुधा होता रहा है। कथित छद्म धर्मनिरपेक्षतावादी इस शगल में अपनी पूर्ण क्षमता से वर्ष भर डूबे-लगे-चिपके दिखाई दिए। कुछ चर्चों में हुई चोरी की और स्थानीय मेल-बेमेल की घटनाओं को कुछ चतुर ईसाइयों ने समाज ने धार्मिक आतंक का नाम दिया। घटनाओं की सूक्ष्म जाँच की जाए और परिणाम आए, उसके पूर्व ही इन घटनाओं का ऐसा ढोल पीट दिया गया, जैसे कोई आसमान गिर गया हो। इस वातावरण के ऐन मध्य प्रधानमंत्री नमो दिल्ली के एक चर्च में आमंत्रित किए गए और वहाँ उनका संबोधन भी हुआ। प्रधानमंत्री नमो ने संत घोषित किए गए केरल के दो भारतीय कुरियाकोस एलियास और मदर यूफ्रेसिया के विषय में अपने भाषण में चर्चा की।

प्रधानमंत्री ने इसे एक अवसर के रूप में लिया और चर्च में कहा कि किसी भी धर्म पर हमला सहन नहीं किया जाएगा। चर्च में हुए अपने भाषण में नमो ने स्पष्ट कहा कि सभी धर्मों का सम्मान और सहनशीलता भारत की परंपरा है। भारत का संविधान भी इसी परंपरा का स्रोत है। नमो ने कहा कि सभी धर्मों का सम्मान और सहनशीलता भारत की परंपरा है और देश में हर धर्म के लोगों को अपने धर्म के मुताबिक जीने का अधिकार है। किसी भी

स्थिति में उन्हें उनके अधिकारों से वंचित नहीं किया जा सकता। एक धर्मांतरित व्यक्ति के रूप में एक राष्ट्र विरोधी जन्म लेता है, ऐसा युग-वाक्य देनेवाले स्वामी विवेकानंद को आदरपूर्वक उद्धृत करते हुए नमो ने कहा कि हिंदू न केवल सार्वभौमिक सहिष्णुता में विश्वास करते हैं, बल्कि यह भी मानते हैं कि सभी धर्म सच्चे हैं।

□

मार्च 2015

कश्मीर में भाजपा दुस्साहसी किंतु प्रतिबद्ध

जम्मू कश्मीर चुनाव में भाजपा को अपेक्षित सफलता नहीं मिल पाई यह एक विषय था और उस पर दो असाढ़ ऐसे हो चले कि जम्मू-कश्मीर में त्रिशंकु विधानसभा बनी और भाजपा दुसरे सबसे बड़े के रूप में उभरी। पीडीपी के सईद के साथ सरकार बनाने की बाध्यता भी थी और नूतन प्रयोग कर देखने का नया राजनैतिक चलन भी! फलस्वरूप कश्मीर में प्रतिबद्ध शैली की भाजपा दुस्साहसी निर्णय की ओर बढ़ी !!

नमो का सेशेल्स, मारीशस व श्रीलंका प्रवास

इन तीनों देशों में सफल प्रवास के माध्यम से नमो ने इन क्षेत्रों में सतत विकसित हो रहे चीन के प्रभाव को साधने में सफलता प्राप्त की।

कश्मीर में भाजपा दुस्साहसी किंतु प्रतिबद्ध

इतिहास स्वयं को दोहराता है! ऐसा न कहें। अब इतिहास की कार्बन कॉपी होती है, ऐसा कहें! क्योंकि मुफ्ती मोहम्मद सईद स्वयं की कार्बन कॉपी के रूप में अब पुनः प्रस्तुत हैं। कार्बन कॉपी उस घटना की, जिसमें उन्होंने वी.पी. सिंह सरकार में गृह मंत्री रहते हुए आतंकियों से स्वयं की बेटी रुबैया की रिहाई के लिए कुछ दुर्दांत आतंकियों को जेल से रिहा कर दिया था। बाद में खुफिया सूत्रों से पता चला था कि रुबैया के अपहरण और आतंकियों की रिहाई की माँग की यह योजना मुफ्ती की सहमति व संलग्नता से बनी और पूर्ण हुई थी। प्रथम दृष्ट्या ऐसा सभी को लग सकता है कि भाजपा श्रीनगर में फँस गई है, किंतु जो दीर्घकालीन राजनीति को समझते हैं, घटना में छुपे अवसर को पहचानते हैं और सबसे बड़ी बात, जो जोखिम लेना जानते हैं, वे समझ सकते हैं कि नमो की भाजपा ने कश्मीर में एक महत्त्वाकांक्षी दाँव फेंका है। आप इसे घटना को अवसर में बदलने का दुस्साहस भी मान सकते हैं। सामान्य बुद्धि का व्यक्ति भी समझ सकता है कि नरेंद्र मोदी, अमित शाह और राम माधव की टोली को पी.डी.पी. से गठबंधन के बाद अपने समर्थकों के नाराज होने का भान ही नहीं बल्कि उन्हें इस असंतोष की गारंटी रही होगी। फिर भी यदि इस टोली ने यह शतरंज की बिसात पर बेहद जोखिम भरी यह चाल चली है तो इसे विचार आग्रह के प्रति इनकी प्रतिबद्धता के रूप में ही देखा जाना चाहिए।

सभी जानते हैं कि कश्मीर को लेकर सदैव से भाजपा की एक विशिष्ट

सोच, 370 उन्मूलन का संकल्प, समान राज्य का आग्रह और हर कीमत पर यह भारत का अभिन्न अंग है, जैसा स्पष्ट और मुखर दृष्टिकोण रहा है। इन तथ्यों के मध्य जम्मू-कश्मीर में हिंदू मुख्यमंत्री जैसे लगभग असंभव और दिवास्वप्न के साथ नरेंद्र मोदी, अमित शाह और राम माधव ने चुनाव लड़ा। चुनावी परिणाम जो आए, वे लक्ष्य-अनुरूप नहीं थे, किंतु ऐतिहासिक अवश्य थे। यद्यपि भाजपा जम्मू-कश्मीर में सबसे बड़ी पार्टी के रूप में भी नहीं उभरी तथापि दूसरे नंबर पर आकर भाजपा ने रिकॉर्ड संख्या में अपने विधायकों को जम्मू-कश्मीर की विधानसभा में पहुँचा दिया। लगभग ढाई माह की अस्थिरता के बाद दो विपरीत वैचारिक ध्रुवों भाजपा और पी.डी.पी. ने कश्मीर में सरकार बनाना स्वीकार किया। हिंदू मुख्यमंत्री का लक्ष्य लेकर चले नेताद्वय राममाधव और अमित शाह ने तीन-तीन साल के मुख्यमंत्री का भरसक किंतु असफल प्रयत्न किया। इसके पश्चात् इस टोली के सामने दो लक्ष्य थे, तात्कालिक लक्ष्य यह कि आम कश्मीरी भाजपा कार्यकर्ता जैसा सोचता है, वैसा निर्णय कर अपनी दुर्लभ रही कश्मीरी कार्यकर्ता पूँजी का सरंक्षण करें और दीर्घकालीन लक्ष्य यह कि इस अवसर का लाभ उठाकर जम्मू और घाटी में अपनी उपस्थिति सुदृढ़ कर हिंदू मुख्यमंत्री का लक्ष्य साधा जाए। भाजपा का शीर्ष नेतृत्व इस आसान सी बात को सूत्र बना चुका था कि कश्मीर संदर्भ में कोई भी बड़ा निर्णय लेना है तो श्रीनगर में सत्तारूढ़ होना होगा।

जम्मू-कश्मीर के स्थानीय कार्यकर्ताओं के आग्रह और मानसिकता के आधार पर निर्णय लेकर भाजपा जैसे ही आगे बढ़ी वैसे ही देश भर में फैले भाजपा और संघ के जमीनी समर्थक और स्वयंसेवक हड़बड़ा उठे, चहुँओर से विरोध के स्वर मुखरित हो गए। यह समय मानसिक जद्दोजहद का अवश्य था किंतु तेजी से बदलते राजनैतिक युग में प्रयोग के तौर पर देर-अबेर सभी स्तर के भाजपाइयों और संघ के स्वयंसेवकों ने इसे स्वीकार किया। किंतु यह स्वीकार्यता और विजयी भाव एक ही दिन टिका और दूसरे ही दिन भाजपा और संघ समर्थक अपने आपको मुँह के बल गिरा आभास करने लगे, जब मात्र दस दिन में मुफ्ती ने अफजल गुरु, पाक प्रसंशा और मसरत जैसे कांड रच डाले और आगे भी अन्य अलगाववादियों की रिहाई की बात करने लगे। सत्ता के प्रयोगों

में कुशल हो चला भाजपा का नेतृत्व और साधारण कार्यकर्ता दोनों ही जैसे पक्षाघात की स्थिति में आ गए। आर.एस.एस. के मुखपत्र में मुफ्ती से सीधा प्रश्न हुआ कि मुफ्ती स्वयं को भारतीय मानते हैं या नहीं? संघ के बहुत से संदेश इस प्रश्न से स्पष्ट हो गए।

मसरत के नाम पर उठे ज्वार के अंतर्भाव को इस बात से समझा जा सकता है कि अलगाववादी मसरत आलम सैयद गिलानी के प्रभाव में रहा एवं 2008-10 में हुए भारत विरोधी हिंसक प्रदर्शनों का जनक रहा था, जिसमें 112 लोग मृत हुए थे। दस लाख का इनामी राष्ट्रद्रोही मसरत अक्तूबर 2010 में पकड़ा गया था। 1989 में अफस्पा विरोधी संघर्ष में भारत के विरुद्ध मोर्चा खोलनेवाला मसरत कश्मीर को पाक को सौंप देने की सार्वजनिक वकालत भी करता रहा था। 27 मामलों में घोषित आरोपी मसरत अमरनाथ यात्रा का भी घोर विरोधी रहा है।

श्रीनगर में भाजपा के लिए खतरे की घंटी पुनः बजी, जब मुफ्ती हीलिंग टच की नीति अनुसार लगभग 300 आतंकियों को राजनैतिक बंदी बताकर छोड़ने की योजना बनाने लगे। कश्मीरी पंडितों के पुनर्वास को लक्ष्य मानकर चल रही भाजपा श्रीनगर में अपने उप-मुख्यमंत्री के माध्यम से कुछ सकारात्मक कर पाती, उसके पूर्व ही मुफ्ती की नकारात्मकता का पाप भरा घड़ा उस पर टूट पड़ा। अलगाववादियों की रिहाइयों से आशंकित देश को प्रधानमंत्री मोदीजी ने आश्वस्त किया और कहा कि संपूर्ण देश में कश्मीर सरकार के प्रति व्यक्त हो रहे आक्रोश में उनका आक्रोश भी सम्मिलित है।

घाटी में पी.डी.पी. के भाजपा के साथ सरकार बनाने को लेकर पी.डी.पी. का परंपरागत समर्थक भी नाराज है, और यहाँ से ही भाजपा की कूटनीति प्रारंभ होती है। पी.डी.पी. समर्थकों की नाराजगी के बीच चतुरता से अपनी जगह तलाशती भाजपा कुछ पाने की स्थिति में ही है, खोने की स्थिति में बिल्कुल नहीं। घाटी में भाजपा अपने सुशासन से विश्वसनीयता की ओर बढ़ने के दूरंदेशी एजेंडे पर काम कर रही है। यह बड़ी बात है कि इन सभी विरोधाभासी परिस्थितियों में भी भाजपा अपने जोखिम भरे दाँव पर कायम है। सामान्य राजनीतिज्ञ इतने जोखिम भरे दाँव खेलने का खतरा नहीं ले पाते हैं, जैसा कि

भाजपा नेतृत्व ने अपनी वैचारिक प्रतिबद्धता से बँधकर खेला है। भाजपा मुफ्ती को धमकी देकर, उसकी लगाम थाम, शासन चलाने और घाटी में स्वीकार्य होने की ओर देख रही है। अब इसे देश में सस्ती लोकप्रियता से ऊपर उठकर प्रतिबद्ध राजनीति करने और लक्ष्य को पाने की तरफ बढ़ने का दुस्साहस तो कहा जा सकता है किंतु सत्ता का मोह कतई नहीं।

□

नमो का सेशेल्स, मॉरीशस व श्रीलंका प्रवास

नमो 10 मार्च, 2015 को पाँच दिवसीय प्रवास पर सेशेल्स मॉरीशस व श्रीलंका प्रवास पर निकले। इन देशों से भारत और भारतीयता के साथ-साथ हिंदुत्व के भी पुरातन व ऐतिहासिक संबंध हैं।

इन देशों की यात्रा प्रथम दृष्टया द्विपक्षीय राजनयिक यात्रा प्रतीत होती है, किंतु वस्तुतः यह यात्रा चीन की कूटनीति पर प्रहार की पूर्व तैयारी है। चीन इन तीनों देशों में अपने सैन्य ढाँचे को सुदृढ करने की दिशा में लगा हुआ है। चीन को संकेत देने के उद्देश्य से इन देशों में व इनकी महासागरीय सीमाओं में भारतीय उपस्थिति भविष्य में चीन की बढ़ती अनुचित महत्त्वाकांक्षा पर नियंत्रण रखने में सक्षम होगी। पिछले दिनों मॉरीशस के भारत समर्थक माने-जानेवाले पूर्व राष्ट्रपति मोहम्मद नशीद की गिरफ्तारी पर भारतीय विदेश मंत्रालय ने सख्त प्रतिक्रया व्यक्त की थी। इस नकारात्मक प्रतिक्रया के परिप्रेक्ष्य में वैदेशिक विषयों के विशेषज्ञ भारतीय प्रधानमंत्री की मॉरीशस यात्रा के पक्ष में नहीं थे, किंतु नमो ने अपने भावी कार्यक्रमों व लक्ष्यों के अनुरूप निर्णय लिया तथा मॉरीशस यात्रा को उत्साहपूर्वक करने का निर्णय लिया।

इन तीनों देशों की यात्रा के मध्य नमो चीन को अपने संदेश देने में सफल रहे। कई विषयों पर समझौते, सहमति व परस्पर समझ विकसित करने के माध्यम से तीनों ही देशों के संबंध बहुमुखी रूप से नूतन आकार लेने की दिशा में बढ़े।

□

अप्रैल 2015

ओबामा ने लिखा, 'नरेंद्र और मैं' के भाव से नमो का परिचय

अमेरिका के राष्ट्रपति बराक ओबामा ने टाइम पत्रिका हेतु नमो का अपरिचय लिखा। नमो इस परिचय की आवश्यकता थी, ऐसा कतई नहीं है, किंतु वर्तमान वैश्विक परिप्रेक्ष्य में इस परिचय के क्या मायने हैं, ये सभी जानते हैं।

नमो की फ्रांस कनाडा और जर्मनी यात्रा

कनाडा में नमो ने सुप्रीम कोर्ट द्वारा हिंदुत्व की परिभाषा का उल्लेख करते हुए कहा, "हिंदुत्व एक जीवन शैली है।" नमो ने अमेरिका में हिंदुत्व शब्द का प्रयोग अनजानें में नहीं किया, न ही वहाँ हिंदुत्व की परिभाषा देने की कोई बाध्यता थी। वस्तुतः यही नमो का घोषित एजेंडा है, वे भारत के विकास, संपन्नता, समृद्धि के साथ सांस्कृतिक राष्ट्रवाद के विकास रथ को भी विश्व में दौड़ाना चाहते हैं। उनकी समस्त विदेश यात्राएँ विश्वगुरु के यज्ञ में छोटी-छोटी समिधाएँ ही हैं। जर्मनी में भी यही हुआ विकास यज्ञ के साथ-साथ नेताजी सुभाषचंद्र बोस के परिजनों से मिलकर नमो ने संपूर्ण भारत की चिर जिज्ञासा को शांत करने की ओर कदम बढ़ाया। फ्रांस में नमो ने स्थापित प्रक्रिया से अलग होकर सीधे रफाल विमान का क्रय अनुबंध किया। इस सौदे पर मीडिया, जनता, देश की यूँ स्वीकारोक्ति नमो विश्वास की स्वीकारोक्ति है, यह विश्वास देश के के लिए एक नूतन व सुखद तत्त्व है।

जासूस लाल नेहरू

नमो की जर्मनी यात्रा में नेताजी के परिजनों की जासूसी के रहस्योद्‌घाटन ने देश का मन खिन्न कर दिया।

ओबामा ने लिखा, 'नरेंद्र और मैं' के भाव से नमो का परिचय

अमेरिका की विश्वविख्यात पत्रिका 'टाइम' के एक अंक के लिए ओबामा ने भारतीय प्रधानमंत्री नरेंद्र मोदी का परिचय लिखा। इस परिचय के शीर्षक और संपूर्ण शब्दों से बराक ओबामा ने जो लिखा, उससे यह लेख एक शब्द चित्र बना गया प्रतीत हुआ। ओबामा ने नमो के परिचय में जो अल्प शब्दों में लिखा, उसे नमो का वैश्विक परिचय माना जा सकता है। ओबामा ने अपने परिचय लेख को शीर्षक दिया 'इंडियाज रिफॉर्मर इन चीफ' अर्थात् 'भारत के मुख्य कार्यकारी सुधारक'।

ओबामा ने मोदी के परिचय में लिखा—

बचपन में नरेंद्र मोदी अपने परिवार की मदद के लिए पिता के साथ चाय बेचा करते थे। आज वे दुनिया के सबसे बड़े लोकतंत्र के नेता हैं। गरीबी से लेकर प्रधानमंत्री बनने तक उनका जीवन, उभरते भारत के बहुआयामी चरित्र और संभावना, शीलता के गुण को प्रकट करता है। भारतीयों को अपनी सफलता के नक्शेकदम पर ले चलने के लिए प्रतिबद्ध मोदी ने गरीबी कम करने, शिक्षा में सुधार, महिलाओं और बालिकाओं के सशक्तीकरण व जलवायु परिवर्तन की समस्या से निपटते हुए भारत की असली आर्थिक संभावनाओं को साकार करनेवाला महत्त्वाकांक्षी उदाहरण पेश किया है।

भारत की ही तरह वे नए और पुराने को आत्मसात् करते हैं। वे योग के ऐसे बहुमुखी अनुयायी हैं, जो ट्विटर के जरिए भारतीय नागरिकों से जुड़ते हैं

और दूसरी ओर 'डिजिटल इंडिया' का सपना देखते हैं। उनके वॉशिंगटन प्रवास के समय, नरेंद्र और मैं, डॉक्टर मार्थिन लूथर किंग जूनियर के स्मारक पर साथ गए थे। हमने किंग और गांधी के उपदेशों पर चर्चा की थी कि कैसे अपने देशों में विविधता और धार्मिक विश्वास एक ताकत है, जिसे हमें सुरक्षित रखना है। प्रधानमंत्री मोदी मानते हैं कि एक अरब से अधिक भारतीयों का एक साथ रहना और प्रगति करना विश्व के लिए एक प्रेरक मॉडल हो सकता है।

—बराक ओबामा

□

नमो की फ्रांस, कनाडा और जर्मनी यात्रा

कनाडा यात्रा

नमो की कनाडा यात्रा में 2015 के अंत तक वर्तमान व्यापार को तीन गुना बढ़ाकर 15 अरब डालर करने के लक्ष्य सहित मुक्त व्यापार समझौते की तैयारी हुई। परमाणु ऊर्जा, यूरेनियम, तकनीक आदि अनेकों महत्त्वाकांक्षी विषयों पर आपसी समझ-सहमति का विकास हुआ। इस अवसर पर जो उल्लेखनीय है, वह यह कि व्यापार के लाभ को दीर्घकालीन सांस्कृतिक वैभव प्राप्त करने व विश्वगुरु की ओर बढ़ने की दिशा में नमो ने एक नन्हा सा गौरवशाली कदम बढ़ाकर अपने लक्ष्य का परिचय दिया।

नमो अपनी कनाडा यात्रा के दौरान कनाडा के प्रधानमंत्री के साथ गुरुद्वारे और मंदिर दोनों स्थान पर माथा टेकने गए। कनाडा में बसे भारतीयों के धार्मिक आग्रह को इस प्रकार राजनयिक तिलक करके नमो ने भारतीयों के धार्मिक विश्वास के प्रति कनाडा प्रशासन और नागरिकों में आस्था, आदर, पहचान व विश्वास जाग्रत् करने का कार्य किया। नमो ने कनाडा में अपनी बात में भारतीय सुप्रीम कोर्ट के स्वर को उच्चारित करते हुए कहा कि हिंदुत्व एक धर्म नहीं अपितु एक जीवन शैली है। नमो ने हिंदुस्थान से हजारों मील दूर कनाडा में भारतीय उच्चतम न्यायालय की हिंदू शब्द की व्याख्या का उल्लेख किया। हम भारतीय इस बात के अभ्यस्त हो चुके हैं, कि सामान्य भारतीय राजनीतिज्ञ अपने स्वयं के देश में भी हिंदू शब्द से यथोचित दूरी और परहेज बनाकर चलते हैं। हम हिंदुस्तानियों को इस बात को समझना होगा कि तथाकथित साथ वर्षों की धर्म-

निरपेक्षता के कुटिल वातावरण के कुप्रभाव में राजनीतिज्ञों, नौकरशाहों व मीडिया की इस हिंदू शब्द से बचने की प्रवृत्ति के चलते भारत में एक अनावश्यक ऊहापोह, किंकर्तव्यमूढ़ता, वैचारिक जड़ता व धार्मिक अन्याय की स्थिति बन गई है। नमो ने अपने दुस्साहसी स्वभाव के अनुरूप इस विषय की संवेदनशीलता को अपने पक्ष में मोड़ा और विदेशी भूमि पर हिंदू शब्द की भारतीय कानूनन व्याख्या को रखने का हाई वॉल्टेज रिस्क लिया और उस रिस्क को कलाकारी से रिस्क से अवसर में बदलकर एक दीर्घकालीन कार्ड खेल दिया।

नमो ने इस संदर्भ में भारतीय सुप्रीम कोर्ट के प्रति प्रसंशा और आदर-भाव से कहा कि हमारे यहाँ सुप्रीम कोर्ट की 'हिंदू' शब्द की व्याख्या हमें रास्ता दिखाती है। नमो का इस प्रकार विदेशी भूमि में हिंदू शब्द की व्याख्या का कारण कनाडा में भारतीयों के धार्मिक आग्रहों को और हिंदू शब्द को गुरुतर आसन प्रदान करना एक दीर्घकालीन योजना का भाग लगा। इस माध्यम से नमो ने अपने भारत विश्वगुरु के एजेंडे को चार कदम आगे भी बढ़ाया और समूचे विश्व समुदाय को एक संदेश भी दिया। सुप्रीम कोर्ट द्वारा दी गई हिंदुत्व की परिभाषा रास्ता दिखाती है; कनाडा में नमो का यह उल्लेख अंतर्प्रवाही है। प्रधानमंत्री नमो ने कनाडा में कहा कि हिंदू धर्म ने वैज्ञानिक जीवन पद्धति के जरिए मानव मात्र के साथ-साथ, प्रकृति, वन्य जीव, पर्यावरण के हित के लिए पूज्य भाव से काम किया है। उन्होंने कहा, "यह जीवन की समस्त समस्याओं के समाधान का रास्ता दिखा सकता है।" कनाडा में बसे हिंदू-सिख समुदाय को उन्होंने कहा कि जिस प्रकार उन्होंने अपने श्रम, ध्यान, लगन से विदेशी भूमि पर अपना स्थान बनाया है, वह प्रशंसनीय है। उन्होंने हिंदू धर्म के जरिए मानवता के लिए काम करते रहने को समीचीन बताया।

फ्रांस यात्रा

पिछले दशक से भारतीय वायुसेना में लड़ाकू विमानों की कमी को देखते हुए तथा चीन, पाकिस्तान के समक्ष भारतीय वायुसेना के संसाधनों की तुलना करते हुए, फ्रांस से 36 रफाल क्रय करने की दिशा में बढ़े। इससे भारतीय वायुसेना को ऑक्सीजन मिलेगी। इसमें उल्लेखनीय यह रहा कि भारत-फ्रांस के इस चार

हजार करोड़ की डील में से नामक एयरक्राफ्ट डीलिंग कंपनी की मध्यस्थता अर्थात् दलाली को परे करते हुए यह सौदा प्रत्यक्षत: दासो कंपनी से किया गया।

दशकों से चली आ रही इस दलाल कंपनी को सौदे से बाहर कर दिया। एक बड़ी राशि की बचत हुई और क्रय प्रक्रिया तेज होकर अधिक पारदर्शी हो गई। रक्षा सौदों के पूर्व इतिहास और घोटालों के आलोक में नमो द्वारा स्थापित यह परंपरा रक्षा और रेलवे दोनों के क्रय सौदों में एक नई शुचितापूर्ण क्रय प्रणाली को विकसित कर सकती है, किंतु यह तभी संभव है जब नमो विश्वास जैसा आश्वस्ति भाव अन्य संस्थानों में भी जाग्रत् हो जाए। पुराने पड़ते जा रहे मिग विमानोंवाली भारतीय वायुसेना ने पिछले 15 वर्षों से कोई विमान नहीं खरीदा था। यद्यपि वायुसेना ने 126 विमानों की आवश्यकता बताई है तथापि 36 विमान क्रय का यह तीव्र निर्णय फौरी राहत प्रदान तो करेगा ही।

जर्मनी यात्रा

अपनी दो दिवसीय जर्मनी यात्रा के समापन में नमो ने कहा कि अब धरती के राजा 'शेर' और आकाश के राजा 'बाज' के बीच मजबूत साझेदारी होगी। ऐसा उन्होंने प्रतीक स्वरूप कहा, क्योंकि जर्मनी के 'कोट ऑफ आर्म' में एक बाज का चित्र है, जबकि भारत के 'मेक इन इंडिया' के लोगो में एक शेर का चित्र है। नमो ने इस यात्रा में जर्मनी के चांसलर मर्केल से केमिस्ट्री मिलाते दृष्टिगत हुए और संतुलित व लाभकारी व्यापार की आशा से भारत और यूरोपीय संघ वार्त्ता शीघ्र प्रारंभ करने का आग्रह रखा। इस अवसर पर भारत को मैन्युफैक्चरिंग हब के रूप में विकसित करने सहित कई विषयों पर दीर्घकालीन सहमति बनी। दोनों देशों के मध्य गत वर्ष 15.96 अरब यूरो का व्यापार हुआ, जो कि जो 2013 की तुलना में 1.14 अरब यूरो कम है। जर्मनी को भारत से निर्यात बढ़कर 7.03 अरब यूरो हुआ, जबकि जर्मनी से आयात पिछले वर्ष के 9.19 अरब यूरो से घटकर 8.92 अरब यूरो रह गए व्यापार को बढ़ाने हेतु लक्ष्य भी तय हुए।

□

जासूस लाल नेहरू

नमो की जर्मनी यात्रा में नेताजी सुभाषचंद्र बोस के परिजनों ने उनकी गुप्तचरी की व्यथा व्यक्त की तो देश भर में जासूस लाल नेहरू की चर्चा चल पड़ी। नमो की जर्मनी यात्रा में नेताजी के निधन से जुड़ी फाइलों को सार्वजनिक करने की चिरकालिक माँग पुनः उभरी। भारतीय स्वतंत्रता संग्राम के अमर शहीद, नेताजी सुभाषचंद्र बोस के रहस्यमयी निधन और उस प्रकरण में गांधी परिवार की अति रहस्यमयी भूमिका के किस्से समय-समय पर भारतीय मीडिया में आते रहते हैं। भारतीय जगता सदा से अपने इस लाल सुभाष के निधन के रहस्य की चिंता और जिज्ञासा व्यक्त करती रही है। जन-सामान्य में इस संदर्भ में एक हार्दिक पीड़ा है, जो किसी से छिपी नहीं है। इस संदर्भ में भारत के प्रथम प्रधानमंत्री जवाहर लाल नेहरू सदा से ही दुराशयी प्रतीत होते रहे हैं। नमो की जर्मनी यात्रा में वहाँ बसे नेताजी सुभाषचंद्र बोस के परिजन प्रधानमंत्री नमो से मिले। यह नेताजी के रहस्यमयी निधन के विषय पर जमी छह दशकों की बर्फ को हटाने का प्रयास जैसा था।

नेताजी के परिजनों ने अपनी जासूसी के और अन्य कई हार्दिक पीड़ाजनक अनुभव नमो के समक्ष रखे। नेताजी से संबंधित, भारत शासन के अधीन, इस विषय में रखी हुई कई गोपनीय फाइलों को सार्वजनिक करने की लंबे समय से चली आ रही माँग, जिसे साशय गहराई में डुबो दिया गया था, वह सतह से उठकर पुनः सतह पर आ गई। बोस के पोते सूर्य कुमार बोस ने कहा, 'सुभाषचंद्र बोस केवल अपने परिवार के ही नहीं हैं, वे स्वयं संपूर्ण भारत को अपना

परिवार बताते थे।' नेताजी के भतीजे अर्धेंदु बोस ने इस अवसर पीड़ा व्यक्त करते हुए कहा, 'यह बहुत कड़वी बात है कि वे हमारे परिवार के सदस्यों पर नजर रखे हुए हैं।' उन्होंने कहा कि दस्तावेज़ों से पता चलता है कि गुप्तचर सेवाओं और राजनयिकों से कहा गया है कि वे यह नजर रखें कि नेताजी के परिजन क्या-क्या कर रहे हैं। अर्धेंदु ने कहा, 'परिवार ठगा सा महसूस कर रहा है, सच सामने आना चाहिए। सब उम्मीद करते हैं कि भारत सरकार सच्चाई सामने लाएगी।' सूर्य कुमार ने इस अवसर पर व्यथा व्यक्त करते हुए कहा, 'यह भारत की जनता का कर्तव्य है कि वह इस विषय पर जमी रहस्य की बर्फ हटाए।'

□□□